講談社文庫

レイトショー(下)

マイクル・コナリー｜古沢嘉通 訳

講談社

THE LATE SHOW
By Michael Connelly

This edition published by arrangement with
Little, Brown and Company (Inc.),
New York, New York, USA
Through Tuttle-Mori Agency, Inc., Tokyo

目次

レイトショー(下)

●主な登場人物〈レイトショー　下巻〉

レネイ・バラード　ロス市警ハリウッド分署深夜勤担当刑事

ロジャーズ・カー　重大犯罪課刑事

ケン・チャステイン　市警強盗殺人課刑事　バラードの元相棒

ロバート・オリバス　市警本部強盗殺人課警部補　バラードの元上司

アリグザンダー・スペイツ　銃撃事件目撃者　靴店勤務

マシュー・"メトロ"ロビスン　銃撃事件目撃者

ヘレラ　ハリウッド分署巡査　女性警官

ゴードン・ファビアン　死亡した銃撃被害者

ディーン・タウスン　ファビアンの刑事弁護士

ラモナ・ラモネ　暴行被害者　トランスジェンダー

トーマス・トレント　アキュラ販売店勤務　車のセールスマン

ベアトリス・ボープレ　トレントの前妻　ポルノ産業従事者

ジョン・ジェンキンズ　ハリウッド分署深夜勤担当ベテラン刑事　バラードの相棒

マンロー　ハリウッド分署警部補　当直司令官

テリー・マカダムズ　ハリウッド分署警部補　バラードの上司

ジョウゼフ・フェルツァー　FID警部補

ロブ・コンプトン　州保護観察官　バラードの恋人

ジェリー・キャスター　LAタイムズ記者

ジーノ・サンタンジェロ　死亡した銃撃被害者

20

バラードが姿を現すと、カーはレストランのサイドポーチの外側にある手すりに沿って置かれたテーブルに律儀に座っていた。バラードはリードを手すりに引っかけ、ローラがテーブルの横ではあるが、レストランの外の歩道に座っていられるようにした。そののち、カーの背後を横切って、ポーチの入り口に入り、重大犯罪課刑事の真向かいに座った。携帯電話をテーブルの上に置く。カーの背後を通りすぎる際にバラードは自分自身の事情聴取の際に利用している録音アプリを起動していた。

カーはなにも疑っていないように見えた。テーブルに携帯電話を置くのは、上品な行為ではないにせよ、多くの人が習慣的におこなっている日常的な行動だった。カーはバラードが腰を下ろすと笑みを浮かべた。歩道に伏せているバラードの飼い犬を手すり越しに眺めた。

「ピットブルかい？」カーは訊《き》いた。

「ボクサーが混じっている」バラードは答えた。「まず最初に確認しておく、カー。わたしはなんらかの犯罪捜査あるいは内務監査の容疑者なの？　もしそうなら、弁護代理人の同席を望むわ」

カーは首を横に振った。

「いや、全然そうじゃない」カーは言った。「もしきみが容疑者なら、パシフィック分署の取調室でこの話をするはずだ。「さっきも言ったように、おれはチャステインの事件を調べており、彼の人生最後の四十八時間の足取りをたどるチームに属している」

「ということは、あなたたちはなにひとつ摑《つか》んでいないのね」バラードは言った。

「それは順当な評価だな。〈ダンサーズ〉発砲事件の容疑者はいない。だから、チャステイン事件の容疑者もいない」

「で、あなたたちはその二件が関係している確信があるのね？」

「そのように思えるんだが、われわれがなにかを確信しているわけじゃないと思う。それに加えて、これはおれが主体的に調べている事件じゃない。この事件に関して、おれは使い走りだ。きのうの朝、おれは人身売買にかかわっている東欧のクソ野郎どもの逮捕手続きを取っていた。それから外され、これを押しつけられたんだ」

いまの話を聞いて、バラードはカーをどこで見たのか思いだした。金曜日、分署で見ていたニュース報道の〈ダンサーズ〉発砲事件のあとで流されたニュース・ビデオにカーは映っていたのだ。その事件について質問しようとしたところ、ウェイトレスがやってきて、バラードに飲み物の注文を訊いた。バラードはアイスティーを注文した。メニューを差しだされたが、食事はしないと言うと、ウェイトレスは立ち去った。

「いいのかい？」カーは訊いた。「おれは魚のタコスを注文したぜ」

「お腹《なか》が空いていないの」バラードは答えた。

「まあ、おれは一日じゅう走り回って、燃料が要る。それにいまのタコスを頼めと言ったのはきみだぞ」

「これはデートじゃないの、カー。質問に移って。なにを知りたい？」

カーはまたしても両手を上げて降参の仕草をした。それが癖なんだとバラードは心に留めた。

「きみとチャステインが最後に関わり合ったときのことについて知りたい」カーは言った。「だが、まず、背景を知る必要がある。きみたちふたりは元パートナーだった、そうだね？」

「そのとおり」バラードは言った。

カーはそれ以上の言葉を待ったが、すぐにバラードが一言だけの回答以上のものをするつもりがない、と悟った——それを変えさせる方法を見つけないかぎり。

「きみたちふたりはどれくらいいっしょに働いていたんだ？」カーは訊いた。

「ほぼ五年」バラードは答えた。

「で、それは二十六ヵ月まえに終わった」

「そのとおり」

「きみはオリバスを訴えたんだろ？」

またしても青いパイプラインがバラードを裏切った。オリバスとバラードのあいだで生じたことは、建て前としては秘密扱いになっていた。だが、ハリウッド分署の点呼に出てくる青い制服《ブルー・スーター》の者たちがその話を知っているのとおなじように、重大犯罪課の刑事たちも知っていた。

「それがこの件となんの関係があるというの？」バラードは訊いた。

「たぶんなにも関係ない」カーは言った。「だけど、きみは刑事だ。すべての事実を知っておくのがいいことだとわかっているだろ。おれが手に入れた情報では、チャステインが金曜日の朝早くにハリウッド分署にいるきみに会いにいったところ、緊張感が漂っていたそうだな」

「それはなんに基づいた話？　チャステインが報告書に書いたの？」

「チャステインがそのあと第三者と交わした会話に基づいている」

「当ててみようか。オリバスでしょ」

「それについては話せない。だが、チャステインがなにを言ったかは気にしないでくれ。ハリウッド分署での打ち合わせをきみならどう描写する？」

「あれを打ち合わせと表現するつもりさえない。チャステインは、わたしに事情を訊かれていた証人を引き取りに分署に来たの。その子の名前はアリグザンダー・スペイツ。彼は〈ダンサーズ〉で最初に銃が撃たれたその瞬間を携帯電話で撮影していた。ケニーは写真と証人の両方を引き取りに来たの」

「ケニー？」

「ええ、わたしたちはかつてパートナーだった。彼をケニーと呼んでいた。わたしたちはとても親しかった。だけど、わたしたちはファックをしていない。もし次の質問がそれだったら」

「それじゃない」

「そう、それはよかった」

「その対立についてどう思う？　チャステインが第三者にあとで話した言葉によると、『彼女はいろんなことにまだとても怒っている』だそうだ」

バラードはいらいらして、首を横に振った。怒りがこみあげてくるのがわかる。本能的にテーブルの横にある手すり越しに下を向き、飼い犬を見た。ローラは舌を出してコンクリートの上に寝そべっており、ボードウォークを行き来する人々の流れを見ていた。人群れが日没後のビーチをゆっくりと出入りしていた。

ローラはバラードに救われるまえにたくさんの経験をしてきた。虐待、飢餓、恐怖――だが、ローラは耐え忍び、つねに冷静さを保っていた――自分自身または飼い主に真正の脅威が訪れないかぎり。

バラードは気を取り直した。

「わたしの個人的な事柄があなたの捜査にどういうわけか重要であるとあなたが信じているから、わたしがそれについて話すのは許されることだと思うわけ？」バラードは訊いた。

「そう思う」カーは答えた。

「わかった、では、いわゆる対立は、ケン・チャステインが、二年まえのわたしが起こしたハラスメント告発に関してわたしにひどい扱いをしたことを中途半端に謝ろうとしたので起きたの。そうあなたの報告書に記してちょうだい」

「チャステインはすまないと言ったんだな。なにに対して？」

「正しいことをしなかったことに対して。チャステインはわたしを支持してくれなかった。支持すべきだとわかっていたのに。だからわたしたちは二年経《た》ってここにおり、わたしは強盗殺人課から追いだされ、ハリウッドで深夜勤務《レイトショー》をおこなっており、チャステインは謝罪した。謝罪は受け入れられなかったと言っていい」

「じゃあ、対立というのはたんなる別件なんだな。証人あるいは〈ダンサーズ〉捜査とはなんの関係もない」

「最初からそう言ってたでしょ」

ウェイトレスがアイスティーとカーのタコスを運んできたので、バラードはまえのめりの姿勢を正した。カーが食べはじめると、バラードは自分のグラスにレモンを絞った。

「ひとつ食べないかい？」カーが申し出た。

「言ったでしょ、お腹は空いていない、と」バラードは答えた。

カーが食べはじめたことでバラードに考える時間ができた。自分がこの会話の主導権を失ってしまっていることにバラードは気づいた。ずっと守勢に立たされている。

主として自分自身の怒りのせいで。そして、この聴取で達成しなければならないものを忘れてしまっていた――すなわち、与えるよりも多くの情報を手に入れることを。カーが意図的に物事をそちらの方向に押しやったのではないか、とバラードは疑った。のっけから、カー自身も密接な関連があるとは思っていない質問でこの聴取をはじめて、バラードの調子を崩させたのだ、と。訊かれた質問は、バラードの弱みにつけこむものだった。バラードはタコスを嚙《か》み砕《くだ》いているカーを見つめ、細心の用心をしなければならない、と悟った。

「で」カーは食べ物で口をいっぱいにしながら言った。「なぜきみはマシュー・ロビスンに電話したんだ？」

ほら来た。カーは本題に入ろうとしていた。バラードはカーがここにメッセージを届けに来たのだと悟った。

「どうしてわたしがマシュー・ロビスンに電話したのを知ってるの？」バラードは訊いた。

「われわれはこの件に八名の捜査員とふたりの管理者からなる特捜班を組んでいるんだ」カーは言った。「すべての情報や証拠がどう手に入っているのかは知らない。おれが知っているのは、きみがロビスンに昨夜電話したということだけだ――何回も

——で、おれはその理由を知りたい。答えたくないのなら、パシフィック分署のあの部屋を押さえて、そこで徹底的に問い詰めることになるかもしれない」

　カーは食べかけのタコスを皿に落とした。事態は突然、非常に深刻なものになった。

「ロビスンに様子を窺《うかが》おうとして電話したの」バラードは言った。「責任を感じていた。わたしがスペイツをチャステインに渡し、スペイツがチャステインにロビスンを渡した。チャステインは死んでしまった。わたしはケニーの自宅に出向いた。オリバスたちはわたしを近づかせてくれなかったけど、若干の情報を入手できた。彼らがケニーについて知っている最後のことは、彼が金曜日の夜に証人を説き伏せるため、出かけたということ。ケニーが言う〝証人を説き伏せる〟という意味をわたしは知っており、ロビスンのことが頭に浮かんだ。ロビスンがケニー——ごめん、チャステインね——の説き伏せようとしていた人間だと判断したの。それでわたしは電話をかけ、メッセージを残したけれど、ロビスンは電話をかけてこなかった。以上よ」

　バラードは言葉をとても慎重に選んでおり、自分の課外活動をあらわにしないようにした。死んだ元パートナーのコンピュータ・ファイルをハッキングしたことを含め。バラードが思うに、カーはこの会話を録音していた。バラードもまた録音していたけれども。内務監査課の捜査をわが身に降りかからせるようなことは、絶対になにも口にしないようにする必要があった。

カーはナプキンで口の端からグアカモーレを拭い、バラードを見た。

「きみはホームレスなのか、バラード刑事？」カーは訊いた。

「いったいなんの話？」バラードは憤然と問い返した。

「きみの人事記録には自宅としてフリーウェイを二時間走らなければならない場所が登録されている。それはきみの運転免許証もおなじだ。だけど、きみがそこに長くいるとは思わない。あそこにいたご婦人は、きみがいつ帰ってくるのか知らない様子だった」

「あのご、ご婦人は見知らぬ人間に情報を与えはしないわ、バッジ持ちであろうとなかろうと。いい、わたしはレイトショーで働いているの。わたしの一日はあなたの一日が終わるころにはじまる。わたしが寝る場所や寝る時間になんの問題があるの？　わたしは自分の仕事をしている。市警は、わたしに恒久的な住所を持つことを求め、わたしにはそれがある。それからわたしが運転するときは、海岸沿いに二時間かからないわ。なにかまともな質問はないの？」

「ああ、ある」

カーは皿を持ち上げ、テーブルのそばを通りかかったバスボーイに手渡した。

「さて」カーは言った。「記録のため、きみの金曜日の行動をひとつひとつ調べよう」

「こんどはわたしのアリバイが必要なの？」バラードは訊いた。

「もしアリバイがあるならね。だけど、最初に言ったように、きみは容疑者じゃないんだ、バラード刑事。われわれはチャステインを殺した銃弾の弾道を摑んでいる。きみが撃ったとすれば、踏み台に立たねばならなかっただろう」

「で、死亡時刻はもう摑んだの？」

「十一時から一時のあいだだ」

「だったら、簡単ね。わたしはシフトに入っていた。十一時に点呼に出て、それから仕事に向かった」

「分署を離れたのかい？」

バラードは自分の動きを思いだそうとした。過去七十二時間で起こったことが多すぎて、なにがいつ起こったのかを思い返すのが難しかった。だが、いったん起こった事柄に狙いを定めたら、すべて収まるところに収まった。

「ええ、わたしは分署を出た」バラードは言った。「点呼のあとすぐに、分署を出て、ハリウッド長老派病院にいき、わたしが捜査している殺人未遂事件の被害者の容態を確認した。そこで写真を撮った。そこのナターシャという名の看護師が手伝ってくれた。ごめんね、彼女のラストネームは聞いていない。それがアリバイ確認に必要なんて思いもしていなかったので」

「それはかまわない」カーは言った。「いつ病院を出たんだい？」

「午前零時を少し過ぎたところ。それから被害者のヤサを捜しに向かった。ヘリオトロープ・ドライブの住所を摑んでおり、そこがホームレスのキャンプだと判明した。被害者はそこのRVのなかで暮らしていたんだけど、だれかがそれを横取りして居座っていた。そのため、車のなかを調べられるよう応援を呼んだ。ヘレラ巡査とダイスン巡査がその出動要請を受けた」

「なるほど。で、そのあとは？」

「一時三十分までに分署に戻った。〈ダンサーズ〉のまえを通り過ぎ、鑑識のヴァンがまだそこにあるのを見た覚えがある。で、分署に戻ると、当直オフィスにいき、警部補がその件でなにか知っているのか確かめようとした。そこの壁掛け時計を見て、一時半だったのを覚えている」

カーはうなずいた。

「で、残りの夜はおねんねしたわけか？」カーは訊いた。

「あいにくと」バラードは言った。「インドのクレジットカード・セキュリティ会社から電話がかかり、盗まれたクレジットカードで購入された物品の隠し場所として使われているモーテルの客室の情報を摑んだ。わたしはそこへ出かけ、ひとりの男を逮捕した。今回は、テイラー巡査とスミス巡査が応援してくれて、容疑者の保護観察官も来てくれた。保護観察官の名前はコンプトンよ、もし名前が必要なら。モーテルの客室にあったクソたくさんの品物の仕分けをし、容疑者の逮捕手続きを取っていると、夜明けになって、シフト終わりになった」

「すばらしい。そして、みな簡単に裏が取れる」

「ええ、容疑者ですらない人間のね。一晩じゅう家で寝ていなくてよかった。もしそうしていたら大きなトラブルに巻きこまれていたでしょうね」

「いいかい、刑事、きみが頭に来ているのはわかっているが、これはやらなきゃならないことなんだ。もしわれわれがチャステインを殺したやつを捕まえたなら、まっさきにそいつの弁護士が見るのは、われわれが徹底的な捜査をおこない、ほかの可能性を調べたかどうかということなんだ。きみとチャステインは仲違《なかたが》いをした。いい刑事弁護士なら、それを裁判で見逃さないだろう。おれがいまここでやっているのは、そういうことが起こらないようにすることなんだ。おれは悪いやつじゃないよ。だれがこの事件を起こしたのであれ、そいつに確実に有罪評決を受けさせるための手助けをおれはしているんだ」

カーの説明は上辺ではもっともらしく聞こえたが、バラードはそれに同意できなかった。カーはオリバス警部補に率いられている捜査班の一員であることをバラードは思いださねばならなかった。バラードをロス市警から躊躇《ちゅうちょ》なく完全に追い払うつもりの男に。

「へー、それを知って嬉《うれ》しいわ」バラードは言った。

「皮肉をありがとう」カーは言った。「それにこんなこと慰めにもならないが、きみはオリバスを告発したせいでほんとうにひどい目に遭ったとおれは思っている。おれはそれをわかっている。みんなそれをわかっている。あの男が、きみがやられたというこことをやりかねないたぐいの人間であることは、みんなわかっているんだ」

カーはまたしても降参の仕草をした。

「さて、もしおれが悪いやつだったらこんなことを言うだろうか？」カーは言った。

「とくにおれが口にする言葉を全部録音しているときに」

カーはテーブルの上にあるバラードの携帯電話のほうにうなずいた。

バラードは携帯電話を手に取り、画面をひらいて、録音を停止させた。ジーンズの尻ポケットにその電話を途中まで押しこむ。

「これで幸せ？」バラードは訊いた。

「おれの話を録音しようとしまいとどうでもいい」カーは答えた。

バラードは相手をしばらくじっと見つめた。

「あなたが聞かせたい話はなに、カー？」バラードは訊いた。

カーは肩をすくめた。

「聞かせたい話はない」カーは言った。「おれは警官だ。だけど、変なことを言うようだが、警官が殺されたというのは、気に入らないんだ。おれはその捜査に貢献したいのに、やつらはおれにきみを押しつけた。これが馬鹿げた仕事だとわかっている。だけど、それをするのがおれの仕事であり、おれは自分の仕事をするつもりだ」

「やつら？」

「オリバスとうちの警部補さ」

「わたしを調べるという無駄な努力をする以外に、彼らはなにか調べるあてがあるの？」

「おれにわかるかぎりでは、なにもない。やつらは自分たちがだれを捜しているのか知らないんだ」

バラードはうなずき、自分がどれくらいカーを信用でき、あるいは信用すべきか、と考えた。オリバスに対する告発に関してカーが口にしたことは、バラードに大きな効果があった。だが、カーが事件の情報の一部を渡されずにいるか、あるいはカー自身が隠しているかのどちらかだとバラードはわかっていた。もし前者であれば、それはよくあることだった。特捜捜査は、捜査員に与える情報を区分けすることがよくあった。もし後者であれば、バラードは信用できない相手と話していることになる。

バラードはまえへ進み、相手がどんな反応を示すか確かめてみることにした。

「犯人が警官である可能性について、なにか言及されていた？」バラードは訊いた。

「ブースにいたのが。そしてチャステインといっしょにいたのが」

「マジか？」カーは訊いた。「いや、なにもない。おれが耳にしたところでは。だけど、おれはパーティーに遅く参加したので、殺人事件特別班の連中とおれたち重大犯罪課のあいだにはっきりとした分割線がある。おれたちはこの事件でエコノミー席に座らされているんだ」

バラードはうなずいた。

「なんだ、きみはなにを摑んでいる？」カーは訊いた。

「ファビアンの胸の火傷《やけど》」バラードは言った。「ファビアンが盗聴装置を身につけていたという説がある」

「なんだって、内務監査のためにか？」カーは訊いた。

「自分のためよ。ファビアンはなにか取り引きする材料を提供しなければ連邦刑務所で五年間の服役が待っていた」

「で、きみはどうしてそれを知ったんだ？」

バラードはそこで問題を抱えた。タウスンのことを明らかにしたくなかったが、チャステインが最後にかけた電話のひとつがその刑事弁護士だったことから、いずれタウスンにたどり着くだろう。もし彼らがタウスンのところへいき、タウスンがバラードの訪問を口にすれば、彼女はオリバス警部補の怒りに直面することになるだろう。

「あなたはこの件でわたしを守ってくれなければならない」バラードは言った。「わたしが知っていることはあなたの役に立つはず」

「クソ、バラード、おれにはわからない」カーは言った。「動きが取れなくなるような事態のまんなかに放りこんでくれるな」

「あなたはチャステインの足取りをたどり直していると言ったわね？」

「ああ、おれとほかの連中がたどり直している」

「だれかがファビアンの弁護士を担当するはず。チャステインはその弁護士と金曜日に話をしている。だれであれその担当に連絡して、自分が引き受けると言ってちょうだい」

「うん、なによりも、おれがその割り当てを引き当てているんだ。ディーン・タウスンはおれの担当仕事リストに載っている。だが、さらに重要なのは、どうしてきみはチャステインがタウスンと話をしたと知っており、どうしてさっき言った件を知っているんだ？　胸の火傷、盗聴器、弁護士――きみはいったいなにをしていたんだ、バラード？」

「木曜日の夜、わたしはあの事件現場にいたの。彼らが火傷を見つけたとき、わたしはその場にいた。チャステインが殺されたとき、わたしは二度ほど電話をかけた。彼はわたしのパートナーであり、たくさんのことを教えてくれた。わたしは彼に借りがあるの」

カーは首を横に振り、バラードの行動の妥当性を把握できずにいた。

「あのさ」カーは言った。「おれは今回の事件のチャステイン殺害側の捜査をしている。火傷痕や盗聴器のことはなにも知らない。だけど、ファビアンが盗聴器を仕掛けていたとしても、彼が警官の発言を録音しようとしていたとは限らない。ブースにいたほかの犯罪者たちのひとりの発言を録音していた可能性はある。連中はみんな犯罪者なんだから」

バラードは肩をすくめた。

「連中は連邦政府にとってそんなに高い価値がない」バラードは言った。「タウスンと話をして。犯人は警官よ」

カーは渋面をこしらえた。バラードは重ねて言った。

「ブースにいたほかの犯罪者に関して言うなら、捜査側は彼らの関係をどう摑んでいるの？」

「確かなことはわからない」カーは言った。「おれはチャステイン担当なんだ」

「彼らは見ず知らずの人間じゃなかった。みんな五年まえピッチェスでいっしょだったの。おなじ月にあそこにいた」

「だからといってなにも意味しないだろう。ピッチェスはでかい施設だ」

「もしだれかが調べてみたら、三人がおなじ収容施設にいたのがわかると思う。それで人数を絞れる」

カーはまじまじとバラードを見た。

「バラード、ほんとに、きみはいったいなにをしていたんだ？」

「自分の仕事を。レイトショーでは、ダウンタイムがたくさんある。それにわたしはあなたとおなじ考えを持っていると言ってもいいかもしれない。だれも警官を殺してそのまま逃げ去ってはならない。わたしはケニーと問題を抱えていたけれど、彼はほぼ五年間もわたしのパートナーだったし、彼は事件を解決する人間、クローザーだった。わたしは彼といっしょにいてたくさんのことを学んだ。だけど、いい、わたしは事件から外されている。あなたはなかにいる。わたしが手に入れるものはなんでもあなたに伝えられる。あなたはただ、この件でわたしを守ってくれなきゃならない」

「どう言えばいいのかわからない。もしきみがこの事件を嗅ぎ回っているのにやつらが気づいたら、おれに跳ね返ってくる。きみは関わらないでいるべきだと思う、バラード。きみから聞いたことを調べてみるが、きみはおとなしくしてなければダメだ。それがおれの伝えることになっていたメッセージだ」

バラードは立ち上がった。

「けっこう。なんとでも言って。メッセージは受け取った。わたしには取り組まなきゃいけないほかの事件がある」

「なあ、いきなりおかしなことをしないでくれ」

バラードはテーブルから立ち去り、手すりの切れ目を通り過ぎた。外にまわりこみ、犬のリードを外す。もう一度、バラードはカーを振り返った。

「わたしが必要になったら、どこでわたしが見つかるのか、もうわかるわね」

「もちろんだ」

バラードは犬といっしょに立ち去った。ビーチはほぼ暗くなっており、海から吹いてくる風が冷たさを増していた。

21

バラードの最初の立ち寄り先はアボット・キニー大通りのはずれにあるペットシッターの家だった。セイラは犬を引き受けるのに渋々だった。ローラを一晩以上預けるのに余分のお金を支払ったのだが。

「どんどん落ちこんでいくのよ」セイラは言った。「この子はずっとあなたがいなくて寂しがっている」

セイラはボードウォークでサングラスを売って生計を立てていたむかしからのヴェニスの住人だった。バラードがホームレスの虐待飼い主からローラを救ったとき、セイラは協力を申し出てくれた。その結果、バラードが深夜勤務のシフトに出ているあいだ、ローラの滞在場所ができたのだが、ここ何日か、そのスケジュール通りにいかなくなっていた。

「わかってる」バラードは言った。「この子にとってもいいことじゃないけど、もうすぐ状況は正常に戻ると考えている。いま、一時的に一度にたくさんの事件を抱えてしまって」

「これがつづくようなら、ローラをあなたのお祖母《ばあ》さんのところへ連れていったほうがいいと思うよ」セイラは提案した。「そうすればローラはだれかとずっといっしょにいられる」

「いい考えだと思う」バラードは言った。「だけど、もうすぐみんな落ち着いて、正常に戻るのを願っているんだ」

バラードはハリウッドに向かって東へ車を進め、セイラとカーふたりとの会話からくるいらだちを抑えようとした。カーの場合、とくにストレスを覚えた。自分が隠していた事柄を伝えてしまったことでわが身を危険に晒《さら》したからであり、カーからは、その見返りに事件の捜査をまえに進めるという確約は得られなかったからだ。カーの最後のメッセージは、降りろというものだったが、それはそこからはカーが引き受けるからという意味なのか、まったくなにも起こらないからという意味なのか、バラードにはわからなかった。

分署にいくと、バラードは当面、チャステインの捜査を脇へ置き、ラモナ・ラモネ事件への取り組みに戻った。最初の動きは、ハリウッド長老派病院に電話を入れ、被害者の医学的状況を確認することだった。何分も電話を保留にされたことを含め、たらい回しにされ、バラードはラモネの状態が悪化し、負傷のため亡くなったのではないかと心配になってきた。だが、ようやく夜間の管理職と話をして、きょう早くに患者はダウンタウンにあるロサンジェルス郡／USC共立メディカル・センターに移送されたと告げられた。その移送は、ラモネが昏睡《こんすい》状態から醒《さ》めたという意味かと訊《たず》ねたが、管理職はプライバシー関連法を盾に、患者の医学的状況の詳細を口にすることを拒んだ。とはいえ、患者投げ捨てを禁じる法律があるのをバラードは知っており、昏睡状態の患者を移動させるのは許されていないと考えた。それにより、ラモナ・ラモネにようやく捜査に参加してもらえるようになったかもしれないという希望が生まれた。

バラードは、郡／USC共立病院へいき、ラモネの医学的状況、警備の状況、そして可能な限り早く証人となってもらえるかについて調べる気になった。だが、当座は、まだトーマス・トレントにまっすぐ照準を合わせており、この事件に戻って、まえへ推し進めていく頃合いだった。

バラードはトレントの前妻と話をしたいとまだ考えていた。逮捕後に結婚生活が終わり、丘陵のあの家の持ち分について争わないと判断したらしいのは、彼女が悪党とひどい失敗から遠ざかっていたいと願った女性であることを示唆していた。バラードは前妻がまわれ右して、警察に関心を抱かれているとトレントに漏らすのではなく、前夫について話してくれるのではないかと思っていた。前妻の裏切りが起こらないようにするために取りうる事前の予防措置はあったが、おおむねバラードは直接トレント前夫人のところに向かうという自分の決断に自信があった。

車両局のデータベースでベアトリス・トレントを追跡すると、彼女が三つの住所を経て、離婚以降、名前を変えていることをたどれた。彼女はいまやベアトリス・ボープレであり、検索で遡ると、その名前は、二十年まえに最初にカリフォルニア州の運転免許証を取得したときの名前だったとわかった。ベアトリス・ボープレは現在四十四歳で、データベースに載っている記録では、カノガ・パークに暮らしていた。

分署を出るまえに、バラードは、ブラスナックル所持での逮捕後に撮影されたトーマス・トレントの写真を含む、顔写真の六枚セットをまとめた。夜が明けるまえにこの人定用セットをラモナ・ラモネに見せられたらいいな、と期待した。

日曜の夜の交通量はまるで微風で、バラードは、午後九時まえにカノガ・パークに到着した。なにも疑っていないベアトリス・ボープレを訪問するには遅い時間だったが、遅すぎるほどではなかった。午前九時あるいは午後九時であれ、バラードは、変な時間に予告なしに訪問する戦術を採るのがいつも好きだった。そうすると人を少し驚かせ、話をするのがそれなりに楽になった。

だが、車両局のデータベースにボープレの自宅住所として記載されていたオーウェンズマウス・アヴェニューの住所に到着すると、驚いたのはバラードのほうだった。殺風景な倉庫地区のどまんなかにバラードは来ていた。昼間は小規模な店舗や工場が営業しているが、夜にはピタリとシャッターを下ろされていた。バラードは、アルミ張りの建物の正面に車を停《と》めた。建物のドアには番地しか記されていなかった。そのドアのそばに五台の乗用車と一台のヴァンが停まっており、ドアの上には点滅する赤いストロボ灯が取り付けられていた。バラードは、ヴァレー地区でもっとも繁栄している産業がこの倉庫のなかにあるとよく知っていた。ポルノの撮影が進行中なのだ。点滅する照明は、シーンの撮影が終了するまで立ち入り禁止、を意味していた。

バラードは車に座って、ストロボを見つめていた。それはつづく十二分間点《つ》きっぱなしで、なかにいる人間はそんなに長くセックスをしているということなんだろうか、とバラードは訝《いぶか》った。ストロボが消えるとすぐ、バラードは、車を降り、ストロボがまた点滅をはじめるまえにドアのところにたどり着いた。ドアのハンドルには錠がかかっており、バラードはノックをした。バッジを用意しているとドアがあき、ビーニー帽をかぶった男が顔を覗《のぞ》かせた。

「どうかしました？」男は訊いた。「コンドームを着けているのかチェックしに来たんですか？」

「いや、コンドームはどうでもいい」バラードは言った。「ベアトリス・ボープレと話をする必要がある。連れてきてもらえないかしら？」

男は首を横に振った。

「そんな名前の人間はここにいませんよ」男は言った。

彼はドアを引いて閉めようとしたが、バラードはドアを掴み、ボープレの車両局記録で覚えている特徴を口にした。

「黒人女性、身長百八十センチ、四十四歳。ベアトリスという名前を使っていないかもしれない」

「それってサディみたいだな。ちょっと待ってて」

今回、バラードはドアを閉めさせた。バッジをベルトに留めると、ドアに背中を向けて待った。通りの向かいにある倉庫のうち二軒も、外に看板を出していないのに気づく。そのうち一軒の倉庫も、ドアの上にストロボ灯を備え付けていた。バラードは、ロサンジェルスの経済を動かしつづけているとだれかが言っていた十億ドル以上を稼ぎだす産業のグランド・ゼロ地点にいた。

ドアがようやくひらいて、車両局の記録の特徴に合致する女性がそこに立っていた。女性は化粧をせず、髪の毛をうしろで適当にまとめており、Tシャツと作業用のバギーパンツ姿だった。バラードが予想していたポルノ・スターの様子とはまるでちがっていた。

「なんの用だい、お巡りさん?」

「正確には刑事です。あなたはベアトリス・ボープレですか?」

「そうだよ。あたしは働いているんだ。さっさと用事を言ってくれるか、いなくなってくれないかね」

「あなたとトーマス・トレントについて話をする必要があります」

その言葉はスイングドアのようにボープレにぶつかった。

「あいつのことなんかなにも知らないね」ボープレは言った。「それにもういかないと」

彼女は建物のなかに戻ろうとし、ドアを引いて閉めようとした。バラードは自分には一発の銃弾があり、それを使ったら捜査全体を危険に晒すかもしれないとわかっていた。

「彼が人に怪我《けが》を負わせたとわたしは考えています」バラードは言った。「ひどい怪我を」

ボープレはドアノブに手をかけたまま、動きを止めた。

「そしてまたおなじことをやる、と」バラードは言った。

言うことはそれだけだった。バラードは待った。

「クソ」やがてボープレは言った。「なかに入んな」

バラードはボープレにつづいて、小暗い入り口ロビーに入った。廊下が左右に伸びていた。矢印付きの標識があり、左側はステージに、右側は事務所とクラフト・サービス（撮影時のスナックとドリンク類を出すサービスのこと）に通じていることを示していた。ふたりは右へ向かい、途中、最初にドアをあけた男のかたわらを通り過ぎた。

「ビリー、十五分の休憩を取る、とみんなに伝えて」ボープレは言った。「十五分だけだからね。だれもステージから出ていかせないで。十分したら、ダニエルを勃たせはじめて。あたしが戻ったらすぐに撮影をはじめるから」

次にふたりはキッチンカウンターが備え付けられているアルコーブの横を通り過ぎた。カウンターは、スナック類やキャンディバーを入れた籠で覆われ、コーヒーメイカーもあった。床に置かれた長いアイスボックスの蓋があいていて、水のペットボトルやソーダ缶が詰まっていた。ドアにシャディ・サディという名前が記されたオフィスにふたりは入った。ほぼ丸裸に近い演者が刺激的なポーズを取っているところを見せているアダルト映画のポスターが壁に並んでいた。タイトルや衣装——ほとんど衣装をつけていないとはいえ——とポーズから、ここのビデオはボンデージとSMの嗜《し》好《こう》に向けられたものであるようにバラードには思えた。女性が支配するものが多かった。

「座って」ボープレは言った。「十五分あげる。そのあとで撮影しなきゃならない。さもないと、あそこの現場の収拾がつかなくなる」

ボープレは机の向こうに腰を下ろし、バラードは向かい合う椅子に座った。

「あなたが監督？」バラードは訊いた。

「監督、脚本家、プロデューサー、撮影技師——好きなように呼んどくれ」ボープレは言った。「わたしは鞭《むち》を振るい、ファックもする。だけど、もう歳《とし》だ。トーマスはだれを傷つけたんだい？」

「いまのところ彼は参考人です。被害者はトランスジェンダーの娼婦《しょうふ》で、拉致され、四日間にわたってレイプされ、拷問されたあげく、死体として放置されたものとわたしは考えています」

「クソ。いつかあいつはやるんじゃないかとわかっていた」

「なにをやるんです？」

「自分の妄想を現実に移すことを。だからあたしはあいつと別れたんだ。わが身にそんな真似《まね》をされたくなかった」

「ミズ・ボープレ、先に進むまえに、ここで話されることは他言をしないと約束していただかねばなりません。特にトレントに対して」

「冗談を言ってるのかい？　あの男と話をするもんか。この地上で最後まで話をしたくない人間があいつだよ」

バラードは嘘《うそ》をついている徴候を探ろうとボープレをじっと窺った。先に進めることを止めさせるようなものはなにも見えなかった。どこからはじめていいかだけ、わからなかった。バラードは携帯電話を取りだした。

「これを録音してもかまいませんか？」バラードは訊いた。

「いや、かまうね」ボープレは答えた。「こんなことに巻きこまれたくないし、録音が出回って、いつかあいつが耳にするなんてのはごめんだね」

バラードは携帯電話を仕舞った。ボープレの反応は予想していた。バラードは録音なしで先をつづけた。

「わたしはあなたの前夫に狙いをつけようとしています」バラードは話をはじめた。「彼はどんな種類の人間なのか。なにが彼をこんな犯行に及ばせるのか。もし彼がやったとしたならですが」

「あいつは頭がおかしいんだ」ボープレは言った。「ただそれだけだよ。あたしはSMビデオを制作している。演技は嘘だ。痛みは本物じゃない。客の多くはそのことを知っているが、そのことを知りたくないと思っている連中もおおぜいいる。連中はリアルであってほしいと願っている。あいつはそんな連中のひとりだ」

「彼があなたのビデオに興味を持ったので、あなたたちは出会ったんですか?」

「いや、あたしたちはあたしが車を買いたかったから出会った」

「彼は車のセールスマンだった?」

「そのとおり。あいつはあたしがだれだかわかったんだろうと思う。そんなことはないとずっと言い張っていたけど」

「監督として?」

「いいや、当時はまだあたしは演者だったんだ。ビデオであたしを見たことがあり、ショールームを走って迎えに出てきたもんさ。ほら、あたしに甘い物を突っこむ手伝いをしたがっているみたいに。あいつはいつも否定していたけど、あたしの作品を見ていたと思う」

バラードはドアを親指で指し示した。

「シャディ・サディ。あれってあなたのポルノ映画での芸名？」

「たくさんあるうちのひとつ。あたしの名前や姿形を並べると長い列ができるんだよ。言ってみれば、客がリブートするように、数年置きにリブートしているようなもんさ。いまは監督シャディ・サディ。えーっと、エボニー・ナイツだったときもあり、シャキーラ・シャックルズだったときもあり、Ｂ・Ｂ・ブラックだったときもあり、ストーミー・マンデーだったときもあり、ほかにもいくつかある。なに、あたしを見たことがあるのかい？」

ボープレはバラードの笑みに気づいた。

「いいえ、ちょっとした不気味な偶然であるだけ」バラードは言った。「二晩まえ、自分のことをストーミー・マンデーと呼んでいる男と会ったんです」

「ポルノで？」ボープレは訊いた。

「いいえ、まったく異なる状況でした。それで、トレントは妄想を抱いているとおっしゃいましたね」

「あいつはほんとに頭がおかしいの。痛みに目がない。痛みを与えたがっていた、相手の目に痛みを見たがっていた」

「相手の目に？　だれのことをおっしゃっているんですか？」

「あいつの妄想の話。あいつがあたしのビデオで好んでいたもの、現実の暮らしでやりたがっていたもの」

「実際の行動に出したことはないというんですか？」

「あたしとはね。ほかの連中とはどうだったか知らない。だけど、あいつは逮捕され、メタルナックルを持っていた。あれで一線を越えたんだ」

「それが離婚した理由？」

「全部さ。だれかを傷つけるためあそこに出かけただけじゃなく、警察は相手が少年だと言ってた。それを聞いたら、出ていかざるをえなかった。あたしですら、あまりにも壊れていると思ったね」

「その精神病理をどう受け取っています？」

「なにを言ってるのかさっぱりわからない」

「わたしの事件の被害者はラテン系女性でした。トレントは逮捕されたとき、ブラスナックルを使って、ラテン系男性と会うつもりでした。前妻はアフリカ系アメリカ人ですが、肌の色は明るい。被害者のタイプがあり、そして――」

「あたしは被害者なんかじゃなかったよ」

「すみません、言い間違えました。ですが、彼には特定のタイプがあります。いわゆる性的倒錯と呼ばれているものの一部です。彼の性的プログラムの一部。もっとましな言葉があればいいんですが」

「あいつのなかにある隷属と支配の一部さ。あたしの映画じゃ、あたしがいちばん上にいる。女帝だ。あたしたちの結婚生活では、あいつはあたしを支配したがった。ねじ伏せておきたがった。あいつにとってあたしは支配しがいのある難敵だったみたい」

「だけど、乱暴は働かなかった？」

「働かなかったね。少なくともあたしには。なぜならそんなことをされたらあたしは出ていったはずだから。だけど、それはあいつが物事を支配するのに脅しの言葉や体の大きさを使わなかったという意味じゃない。物理的な虐待をしなくても、体の大きさを利用できるんだ」

「彼はどれくらいポルノを見てたんですか？」

「あのね、そのロジックをたどらないでくれないかな。ポルノが原因でそうさせたってやつを。あたしたちはサービスを提供している。そうした映画を見ている連中は、それで自分たちを抑制しているんだ、妄想に留めている」

バラードはボープレがそう言いながらも自分の言葉を信じているのかどうか定かではなかった。ポルノグラフィは、常軌を逸した行動への入り口であるという考えに賛同するのは容易だったが、バラードは、いまはそれを云々《うんぬん》するときではないとわかっていた。この女性を情報源として、最終的には重要証人として必要としていた。彼女のライフスタイルと職業を咎《とが》めるのは、得策ではなかった。

「ステージに戻らないと」ふいにボープレは言った。「この仕事に明日はないんだ。午前零時に役者たちのひとりが帰ってしまう。彼女はあした授業がある」

バラードは口早に言った。

「お願い、あと数分だけ」バラードは言った。「あなたはライトウッド・ドライブにある家で彼と暮らしていましたね？」

「ああ、あたしがあいつと会ったとき、あそこを持っていた」ボープレは言った。

「あたしが越していった」

「車を売ってどうやってあんな場所を手に入れたんです？」

「車を売って手に入れたんじゃない。カタリナ島から戻ってくるヘリコプターに乗っていたら墜落し、そのときの怪我を大げさにしたんだ。金のためならなんでもやる医者を捕まえて、訴えを起こした。最終的に八十万ドルを手に入れて、あの逆《アップサイドダウン》さまの家を買ったんだ」

　バラードは椅子に座ったまままえに身を乗りだした。慎重に先に進め、なんらかの回答を先立ってボープレに与えることをしたくなかった。

「抵当流れで手に入れたという意味ですか？」バラードは訊いた。「元の持ち主の返済計画が転覆《アップサイドダウン》した？」

「いや、いや、文字どおりの逆さまさ」ボープレは言った。「寝室が上の階じゃなく下の階にある。トムは、いつも逆さまの家と呼んでいた」

「ほかの人たちにもそういうふうに表現していましたか？　来客に対して？　逆さまの家、と？」

「ああ、しょっちゅうさ。あいつはそれがおかしなことだと考えていた。『逆さまの世界用の逆さまの家』と言ってたよ」

　それは鍵になる情報であり、ボープレが自分からそれを口にしたという事実がいっそう信憑《しんぴょう》性を高めることになった。バラードは質問をつづけた。

「ブラスナックルについて話をしましょう」バラードは言った。「それについてあなたはなにを知っていますか？」

「そうだね、あいつがブラスナックルを持っているのを知っていた」ボープレは言った。「だけど、それを使ったことがあるとは思わなかった。あらゆる種類の武器を持っていたよ――仕込《しこ》み杖《づえ》、手裏剣、メタルナックル。メタルナックルと呼んでいたね、正確にはかならずしも全部が真鍮《ブラス》製とはかぎらないからという理由で」

「ということは、複数のセットを持っていたということ？」

「ああ、そうさ。コレクションしていた」

「複製を持っていましたか？　逮捕のとき押収されたブラスナックル・セットには、それぞれに『善《グッド》』と『悪《イヴィル》』の文字が刻まれていました。それと似た別のセットを持っていました？」

「たくさん持ってたね。で、大半にその文字が刻まれていた。あいつのお気に入りの言葉なんだ。自分の指関節《ナックル》にその言葉――グッドとイヴィル――のタトゥを入れたい、と――ただ、そんなことをしたら仕事を失ってしまうだろうなって」

バラードはいまの証言が大きな収穫だとわかっていた。ベアトリスは、立件のための組立ブロックを寄越してくれていた。

「彼は自宅に武器を置いていましたか？」

「ああ、あの家に」

「銃は？」

「銃はない。確かな理由があって銃を好んでいなかった。〝尖《とが》った部分がある武器〟が好きだと言っていた」

「自宅にほかになにがあります？」

「わからない。あたしはあそこに長くは住まなかったんだ。だけど、これは知っている――あいつはあの家を買うのに全財産を注ぎこんだ。銀行に金を預けるより不動産のほうがいいから、と言って。だけど、あの場所に家具を揃《そろ》えるためのお金をほとんど残さなかったということでもあるんだ。あそこにある寝室のうち二部屋は、家具がまったくなにもない。少なくともあたしがあそこに住んでいたときには」

バラードは下の階のデッキから見た部屋を思いだした。ボープレが立ち上がった。

「さて、午前零時には撮影を完了するんだ」ボープレは言った。「もっと話をするためには、ここにいて見てるかい、それとも戻ってくるかい？　だけど、あたしはもういかなきゃ。この商売じゃ、時は金なりなんだ」

「そうですね」バラードは言った。「いいですよ」

バラードは適当に相槌《あいづち》を打った。

「鍵を持っていますか？」バラードは訊いた。

「なに？」ボープレは問い返した。

「あなたが離婚したとき、家の鍵をキープしましたか？　離婚を経験した大勢の人が、鍵をキープしておくんです」

ボープレは憤然としてバラードを見た。

「言っただろ、あたしはあの男となにも関わり合いになりたくないんだ。当時もいまも。あたしは鍵をキープしていない。あの場所にまた近づきたいなんて一度も思ったことがないからさ」

「わかりました。もしあなたが鍵を持っているなら、わたしが利用できるかもしれないと思ったからです。ほら、緊急の場合に。あの男はわたしの被害者に傷を負わせました。一回こっきりしかやらないたぐいのことではありません。まんまと逃れたと彼が思ったとしたら？　彼はまたやるでしょう」

「それはとてもまずいね」

ボープレはドアのそばに立ち、バラードを追い立てにかかった。ふたりは廊下を通り、スナック類を置いてあるアルコーブのまえを通り過ぎる際、バラードは太ももまでの高さのブーツを履いている以外全裸の女性がどのキャンディバーを選ぼうか迷って立っているのを見た。

「ベラ、撮影するよ」ボープレが声をかけた。

「これから戻るんだ」

ベラは反応しなかった。ボープレはバラードを出入り口のドアまで案内し、捜査の幸運を祈るわ、と言って、追いだそうとした。バラードは名刺を手渡し、ほかになにか思い浮かんだら連絡してほしい、といつもの要請をした。

「車両局はここをあなたの自宅住所にしています」バラードは言った。「それってほんとですか？」

「食べてファックして眠るところが自宅じゃないの？」ボープレは言った。

「そうかもしれません。じゃあ、ほかの場所はない？」

「あたしにはほかの場所は要らないよ、刑事さん」

ボープレはドアを閉めた。

バラードは車のエンジンをかけたが、手帳をひらき、いまの聴取について思いだせるかぎりのことを書きつけはじめた。うつむいて書いていると、車の窓を鋭く叩《たた》く音に驚かされた。顔を上げると、ビーニー帽を被《かぶ》ったドアマンのビリーがいた。バラードは窓を下げた。

「刑事さん、あんたがこれを忘れたとシャディが言ってたぜ」ビリーは言った。

彼は一本の鍵を差しだした。リングは付いていない。素のままの鍵だった。

「ああ」バラードは言った。「そうだった。ありがとう」

バラードは鍵を受け取ると窓を引き上げた。

22

バラードはフリーウェイ101号線にたどり着くと、ダウンタウンに向かって南下した。内なる勢いに乗っていた。直接証拠はまだなにひとつ摑んでいなかったが、ベアトリス・ボープレの事情聴取は、トーマス・トレントを参考人と容疑者をわかつ線から大幅に容疑者側に越えさせた。トレントはいまやバラードが唯一無二の焦点とする対象であり、訴追可能な立証をする方法をひたすら考えていた。

カーウェンガ・パスのカーブにさしかかったとき、携帯電話が鳴り、ジェンキンズからだとわかった。耳栓タイプのイヤフォンに繋《つな》いで、電話に出た。

「やあ、パートナー、出勤まえに確認をしておきたいだけさ。きみから引き継ぐやり残し案件はあるか？」

ジェンキンズはこれから二晩、ひとりだけのシフトに入る。バラードにとっての週末になる予定だった。

「あまりない」バラードは言った。「願わくは静かな当直であることを」

「刑事部に一晩じゅう座っていてもかまわないぞ」ジェンキンズは言った。

「まあ、少なくとも最初の一時間かそこらはそうなるね。わたしが車に乗ってるから」

「なんだと？　きみはヴェンチュラでサーフィンをしていることになっているだろ。なにが起こってる？」

「ラモナ・ラモネ事件の容疑者の前妻との聴取から戻っているところ。犯人はやつよ、まちがいない。あいつがわれわれの犯人。あいつのヤサを逆さまの家と呼んでいた。被害者がテイラーとスミスに言ったのとおなじように」

「わかった」

ジェンキンズの口調と、吐きだした言葉の言い方から、彼がまだ確信を持っていないのが読み取れた。

「あいつはブラスナックルを何セットも蒐集《しゅうしゅう》している」バラードは付け足した。「グッドとイヴィル付きのブラスナックルを。ラモナの傷にその文字が付いているのがわかるわ。わたしは確認にいって、写真を撮影したの」

ジェンキンズは最初黙っていた。いま伝えたのは彼には新しい情報であり、バラードがこの事件に執着していることを示すものでもあった。やがてジェンキンズは口をひらいた。

「捜索令状を取れるほど充分な証拠があるか？」

「まだそこまでには到《いた》っていない。だけど、被害者が郡病院に転送されたの。もしまだ昏睡状態なら、令状を取れるとは思えない。だから、いま病院へ向かっている。もし彼女が意識を恢復《かいふく》しているなら、六枚セットを見てもらうつもり。彼女が犯人を人定したなら、あしたの朝、マカダムズに集めた情報一式を提示し、計画を練る」

ジェンキンズからは沈黙しか返ってこなかった。彼は列車が停止せずに通り過ぎていったホームに取り残されたことに対処しようとしているようだった。

「わかった」ジェンキンズはようやく口をひらいた。「この車の方向を変え、郡病院で落ち合おうか？」

「いえ、こっちはわたしひとりで対応できると思う」バラードは言った。「あなたは点呼を受け、なにが起こっているのか確認してちょうだい。車で戻っていく際に連絡する」

郡／USC共立メディカル・センターは、昔は悲惨な場所だったが、近年、改装と塗装塗り直しがおこなわれ、もはやかつてのようなわびしい場所ではなくなっていた。そこのメディカル・スタッフは、市内のどの私立病院の職員と比べてもひけをとらないくらい献身的で高い技倆《ぎりょう》を有しているのはまちがいなかったが、たいていの巨大官僚組織同様、なにもかもつねに予算に縛られていた。バラードが最初に立ち寄ったのは、警備員室で、バラードはバッジを示し、ルーズベルトという名の夜間監督者にラモナ・ラモネに特別警戒の人員を配するよう説得しようとした。引退まぎわの年齢の背の高い、痩せた男であるルーズベルトは、バラードの説得よりも、なにが映っているのであれ、自分のコンピュータ画面に関心がある人間だった。

「なにもできませんな」ルーズベルトはぶっきらぼうに言った。「わたしがだれかをあの部屋に付けたとする。ERの戸口からその要員を外さなければならない。そこにいる看護師たちがそんなことをさせてくれるはずがない。もしそんなふうに看護師たちを無防備のまま放っておけば、あたしゃ生きたまま皮を剝がされてしまう」

「ERに警備員がひとりいて、それだけしかいないということ？」バラードは言った。

「いいや、ふたりいます。ひとりはなかに、もうひとりは外に。だけど、この病院での暴力行為の九十九パーセントはERで起こっている。だから、二段階の防衛措置を取っている――ひとりが歩いてやってくる患者用。もうひとりは、救急車に乗ってやってくる患者用。どちらも失うわけにはいかんのです」

「ということは、わたしの被害者はあそこで裸でいるのね——まったく警備されずに」

「エレベーター・ロビーには警備員を配しており、あたしも巡回しています。もしあの病室に特別の保護措置をしたいのなら、ロス市警に連絡してこさせればいいんじゃないですか」

「そんなことは起こらないわ」

「じゃあ、残念ですが」

「あなたの名前を覚えたわ、ルーズベルト。なにかあったら、報告書に名前を載せるからね」

「正しいスペルで書いてくださいよ。大統領とおなじルーズベルトですから」

バラードは次に、ラモネが処置されている急性期治療用病棟に上がっていった。ハリウッド長老派病院から移送されてきたとき、患者は意識を恢復し、半覚醒状態だったのだが、症状がぶり返して鎮痛剤を投与され、挿管されているのを知って、バラードはがっかりした。この日の優先事項としてボープレを見つけ、事情聴取することを選んだため、被害者と意思疎通を図る機会が失われた。それでもバラードはラモネのところにいき、彼女の負傷の深さと処置を引き続き記録に残す一環として、携帯電話で写真を撮影した。いつかこの写真を陪審に見せられるよう、バラードは願った。

そのあと、バラードは病棟のナースステーションに立ち寄り、当直の看護師に名刺の束を手渡した。

「この名刺をばらまいて、一枚を電話のそばに置いておいてくれないかしら？」バラードは頼んだ。「もし三〇七号室の患者に会いにきた人がいたら、わたしはそれを知らなきゃならないの。もし彼女の状態について問い合わせる電話がかかってきたら、それもわたしは知らなきゃならない。名前と番号を控えて、折り返し連絡すると伝えて。そのあとでわたしに電話してちょうだい」

「あの患者は危険に晒されているんですか？」

「彼女は悪意のある攻撃の対象者であり、死体として放置されたの。ここの警備担当に確認したところ、特別の警備措置を断られた。だから、わたしが言いたいのは、警戒を怠らないでということ」

当直の看護師の耳に圧力をかけたことで、なんらかの反応があればいいと願いながら、バラードは病院をあとにした。病院の警備担当者は、ロス市警の懸念よりも病院内での安全に対する懸念に抵抗するのが難しいだろう。

午前零時までに分署に戻り、バラードが刑事部に向かって奥の通路を歩いていると、点呼室から階段を降りてきたジェンキンズに出くわした。ふたりは隣り合って刑事部へ入っていった。

「なにかあった？」バラードは訊いた。

「西部戦線異状なしだ」ジェンキンズは言った。

ジェンキンズは片手を差しだし、バラードは相手のてのひらに覆面パトカーの鍵を置いた。

「ラモナは六枚セットを見たのか？」ジェンキンズは訊いた。

「いいえ」バラードは答えた。「チャンスを逸してしまった。自分に腹が立つ。彼女が目を覚ましたときにその場に居合わせるべきだった」

「自分を責めるな。脳の怪我はそんなふうだ――なにひとつ覚えていないことすらありうる。仮に彼女が覚えていたとしても、刑事弁護士なら人物同定の不確かさを突いてくるだろう」

「かもしれないな」

「で、きみはいまから海岸線を北上するつもりかい？」

「まだいかない。今夜の証人との聴取について要約を書いておきたいの」

「まったく、きみはここが残業手当かなにかをまだ払っている場所であるかのようにふるまっているな」

「そうだったらいいんだけど」

「まあ、それが終わったらここから出ていくんだぞ」

「そうする。あなたはどうするの？」

「こないだの夜の証人を乗せたバスの件で報告書を書くようマンローに言われた。だれかが、訴訟を起こす意思の通告をして、護送バスに閉じこめられたことで苦痛と辱めを味わったと主張しているそうだ。けっして閉じこめられてはいなかったとおれは言わなきゃならない」

「冗談でしょ」

「そうだったらいいんだが」

ふたりは部屋のそれぞれの隅に向かった。バラードはすぐにベアトリス・ボープレとの聴取を元に証人証言録に取りかかった。トーマス・トレントが自宅を逆さまの家と表現していたことが頻繁にあったというあらたに判明した事柄をとくに強調しておいた。もしラモナ・ラモネがトレントの人物同定をしてくれれば、そのことがすぐに訴追書類一式に加えられるだろう。

　三十分後、バラードは報告書を仕上げた。またそれによって今夜の仕事が終わったのだが、〈ダンサーズ〉事件の物品報告書を確認したいと思っていたことを思いだした。ファイル・キャビネットへいき、チャステインのファイルに目を通す際にプリントアウトしていた分厚い書類束を調べた。準備段階の証拠報告書の場所を突きとめ、それを机に持っていった。証拠リストは七ページの長さがあった。鑑識から提出される正式の証拠報告書ではなかったが、強盗殺人課の刑事が事件現場にいる際に付けている台帳だった。正規の報告書を待っているあいだ、押収された証拠に関して、捜査員たちが参照できる書類として役立っていた。バラードはそのリストに二度目を通したが、チャステインがつまみ上げて証拠保管袋に入れていた小さな黒いボタンに似たものはなにもリストに載せられていなかった。バラードは、元パートナーが、書類に記さずに現場から証拠を持ち去ったのだと確信を得るにいたった。小さなことだったが、捜査から自身を逸脱させる行為だった。命を失うことになる捜査から。

　バラードはそこに座って身じろぎもせず、頭のなかで、事件現場のチャステインの姿を思い浮かべていた。と、部屋の反対側に関心を惹《ひ》かれた。マンロー警部補が正面廊下から刑事部に入り、ジェンキンズが座っている場所に向かっていた。

　マンローはおそらくパートナーに出動要請を伝えに来たんだろう、とバラードは思った。バラードは証拠報告書を手に摑むと、立ち上がって、聞きにいった。万一、ジェンキンズが応援を必要とする状況になるかもしれない、と思って。バラードは自分のローヴァーも手にすると、彼らのいる方へ向かった。

ジェンキンズとバラードが使っている机は刑事部屋の対角線上に位置していたが、両者をまっすぐ結ぶ通り道はなかった。バラードは部屋の前面に沿ってつづいている通路を通ってから、マンローの背後にたどり着く二番目の通路を通らねばならなかった。バラードが近づいていくと、当直司令を見上げながら、パートナーの顔に不快感を感じている表情が浮かんでいるのを目にした。バラードは、マンローが任務を与えているのではないと悟った。

「……わたしが言っているのは、おまえが指導的立場にあることだ、おまえが采配を振り、彼女に手綱をつけ、それから――」

バラードの手のなかのローヴァーが、通達を連絡しはじめた。マンローは口をつぐみ、振り返ってそこに立っているバラードを見た。

「それからなんですか、警部補？」バラードは訊いた。

マンローの顔に一瞬ショックを覚えている表情が浮かび、ついでジェンキンズに視線を投げつけた。バラードが近づいてくるのに警告を与えなかったジェンキンズの裏切りを心に留めていた。

「あのな、バラード……」マンローは言いかけた。

「ということはあなたはわたしに手綱を付けたいんですね？」バラードは訊いた。

「それともあなたはたんなるメッセンジャーなんですか？」

マンローはバラードからの身体的攻撃を止めようとしているかのように両手を掲げた。

「バラード、聞いてくれ、きみは……わたしは……きみがここにいるとは知らなかった」つっかえながらマンローは言った。「きみはオフであるはずだった。つまり、きみがここにいるのを知っていたら、いまジェンクスに言ったのとおなじ言葉をきみに言ったはずだ」

「それってどの言葉を指しています？」バラードは訊いた。

「いいか、きみが事態をめちゃくちゃにすることを怖《おそ》れている連中がいるんだ。バラード、今回のチャステインの事件にきみが関わるのを怖れている連中がおり、きみは身を引かなくてはならん」

「連中ってだれです、警部補？　オリバスですか？　彼はわたしを不安に思っているんですか、それとも自分が不安なんですか？」

「あのな、名前を出すつもりはない。わたしはただ――」

「あなたがわたしの名前を出していたんですよ。あなたはわたしのパートナーのところに来て、こう言った。『バラードに手綱をつけろ』と」

「きみがいま言ったように、わたしはただのメッセンジャーにすぎないんだ、刑事。そしてそのメッセージは届けられた。以上だ」

マンローは踵《きびす》を返し、奥の廊下に向かった。バラードのそばを通らずともすむようわざわざ遠いほうを選んで当直室へ戻《かえ》ろうとした。

ふたりきりになるとバラードはジェンキンズを見た。

「クソ野郎」バラードは言った。

「嫌になるくらい腰抜けだな」ジェンキンズは言った。「わざわざ遠回りして帰るんだから」

「もしわたしが近づいてこなかったら、あなたはあいつになんと言うつもりだったの?」

「さあな。『バラードに言うことがあるのなら、直接本人に言ったらどうです』とかなんとか。たんに『失《う》せやがれ』と言ったかも」

「そうだといいわね、パートナー」

「で、いったいなにをやってて、あいつらの金玉を捻《ひね》ったんだ？」

「そこが問題。わたしもよくわからない。だけど、いまのはわたしが受け取った二度目の、いわゆる、メッセージなの。重大犯罪課のある男がヴェンチュラに来て、そのあとわたしを捜しにビーチまで来て、おなじことを言った。わたしは自分がなにをしたのかすらわかっていないというのに」

ジェンキンズは疑念と心配で顔をくしゃくしゃにした。自分がなにをやったのかわからない、というバラードの言葉をジェンキンズは真に受けていなかった。バラードに止めるつもりがないことを心配していた。

「気をつけろよ、お嬢さん。あの連中はおふざけでやっているんじゃない」

「それはとっくにわかってる」

ジェンキンズはうなずいた。バラードはジェンキンズの机に近づき、ローヴァーを彼が使えるように置いた。

「スイートルームにいくつもり」バラードは言った。「わたしに用があるなら呼んで。そうでなきゃ、あなたが退勤するときに追いつけるでしょう」

「気にしないでくれ」ジェンキンズは言った。「できるかぎりたっぷり寝たらいい。きみにはそれが必要だ」

「わたしがいないと思ってあいつがここに来たというのが腹立つ」

「いいか、マーシーに日本について読み聞かせていたんだ。あの国にはこういう言い方がある――」

「わたしはあいつらの話をしているのに、あなたは日本の話をするわけ？」

「聞いてくれないか？　おれは〝あいつら〟のひとりじゃないんだ、いいな？　おれは家族でいったことがない場所の本を妻に読み聞かせているんだ。マーシーはいま日本の歴史に興味を抱いている。だから、それを彼女に読んで聞かせている。で、あの国には、体制順応的社会に関してこんな言い方がある――〝出る釘《くぎ》は打たれる〟」

「オーケイ、で、なにが言いたいの？」

「ロス市警というこの機関には、金槌《かなづち》を持った人間がおおぜいいる、と言ってるんだ。気をつけろよ」

「そんなこと言われなくてもわかってる」

「どうかな――ときどき言わなくちゃだめだと思うんだ」

「なんとでも言って。わたしはいく。もうこういうことはほとほとうんざりな気分が急にしてきた」

「たっぷり寝てくるんだな」

ジェンキンズは真面目くさった様子で拳を掲げ、バラードはそこに自分の拳をぶつけた。自分たちはだいじょうぶだと伝え合うやり方だった。

バラードは証拠報告書を自分のファイルひきだしに入れて、鍵をかけると、刑事部屋をあとにした。奥の廊下の階段をのぼって分署の二階にいくと、そこには、点呼室とはホールを隔てた向かい側に、ハネムーン・スイートの名で知られている部屋があった。向かい合う壁に三段ベッドが並んでいる仮眠室だった。利用するのは早い者勝ちで、部屋の一方の端のカウンターに、ビニールに包まれた仮眠セットが積み重ねられていた――シーツ二枚、枕、薄い監獄用毛布。

ドアのスライド式標示は、板を動かされて、〝使用中〟になっていた。バラードは携帯電話を取りだし、照明アプリを起《た》ち上げ、静かにドアをあけると、部屋に入った。天井照明のスイッチは、だれかが眠っている人間を叩《たた》き起《お》こさないようにオフのポジションにテープで留められていた。バラードは携帯電話を使って、寝床を確認し、中段の寝台が両方とも仮眠者にすでに使用されているのを見て取った。ひとりは軽く鼾《いびき》をかいている。バラードは靴を脱ぎ、小さな靴棚に置くと、仮眠セットをふたつ摑んで、最上段の寝床のひとつに放り上げた。梯子《はしご》をのぼり、薄いマットレスを広げてから、睡眠スペースに潜りこんだ。シーツを広げ、毛布の下に入るのに五分かかった。ふたつの枕で頭をはさみ、鼾の音を防いで眠ろうとした。

次第に暗闇に落ちていきながら、バラードはきょう受け取った二度の手を引けという警告について考えた。昨日の行動で、どういうわけか彼らの引き金を引いてしまったようだ。自分の取った足取りを思い返し、自分がおこなったすべての行動の細部を思いだそうとしたが、足を踏み下ろしてしまったらしい地雷のありかを突き止められなかった。

眠気に抗《あらが》いながら、バラードはさらに金曜日の夜まで後戻りし、そこからまたいままで進めようとした。自分の記憶を破城槌《はじょうつい》のように利用して。今回、以前は目立っていなかったあるものにバラードはぶつかった。なぜなら、バラードをどこにも動かさないものだったからだ。チャステインの時系列記録を見直したのち、バラードはマシュー・〝メトロ〟・ロビスンと連絡を取ろうとした。チャステインが殺されるまえ、金曜の夜に説き伏せようとしていた証人がロビスンではないか確かめるために。バラードはロビスンと連絡を取ることはなかったが、彼の携帯電話に少なくとも三回メッセージを残した。

ロビスンは行方不明であり、特捜班は彼を捜していた。カーがビーチにいるバラードに質問に来たとき、彼はバラードがロビスンに電話したことを知っていた。いま、バラードを悩ませているのは、もしロビスンが、どこにいるのであれ、携帯電話をそばに置いているなら――それは極めてありそうなことだった――どうしてカーと特捜班はバラードが夜のあいだずっとロビスンに電話をかけていたのを知っているかということだった。

バラードはカーにその質問をしたことを思いだしたが、カーは返事をしなかった。カーは質問に直接答えず、たんにその情報を与えられたのだと言った。

それは辻褄《つじつま》が合わないことだった。そこが気になって仕方なかったが、やがてバラードはようやく眠りに落ちていった。

23

点呼室からの耳障りな笑い声が喧《やかま》しく一斉に起こり、ハネムーン・スイートを貫いて、バラードを起こした。バラードは自分がどこにいるのかわからず、起き上がろうとして天井に頭をぶつけそうになった。携帯電話を引き寄せ、時刻を確認する。午前十時まで眠っていたことを知って衝撃を受け、ホールを隔てた点呼室で早番の点呼がおこなわれていなければ、もっと遅くまで眠っていただろうとわかった。

バラードはシーツと毛布と枕を丸め、最上段の寝床から慎重に降りた。仮眠室に残っているのは自分だけだと気づく。寝具全部を大型籠《ハンパー》に投げこむと、靴を履き、ホールまで降りていき、女子ロッカールームに入った。

熱いシャワーを浴びていると、すっかり目が覚め、昨晩の出来事を思いだそうとした。ひとつの疑問を抱えて眠ってしまったことを思いだす――どうしてロジャーズ・カーは、失踪したマシュー・ロビスンにわたしが電話をかけたことを知ったのか？

きょうは月曜で、オフ日であったが、きょう一日のあいだにその疑問に対する答えを摑もうとバラードは心に誓った。
ロッカーでクリーニング済みの服に着替えてから、バラードはベンチに座り、カー宛てのショートメッセージを作成した。

話がある。いま連絡取れる？

バラードは一瞬躊躇したのち、送信した。カーはこのショートメッセージをほかの連中に見せ、どう進めるか話し合うかもしれないとバラードにはわかっていた。だが、彼がそういうことをしないほうにバラードは賭けた。自分のメールに即座に反応すれば、彼がそれをだれかと共有していない印になる。

個人的に？　どこで？　市警本部ビルはなしだ。

バラードはいろいろと考えてから返信し、打ち合わせの設定をした。彼女が選んだ場所は、刑事裁判所ビルの十四階だった。警察官が目撃されてもごく自然な場所だったからだ。重大犯罪課や市警本部ビルのだれかがカーにどこにいくのか訊ねたとしても、裁判所だと答えるだけで済み、疑問は抱かれないだろう。その場所は、バラードにとっても郡／USC共立メディカル・センターのそばで都合がよく、きょうそこにいったときラモナ・ラモネが意識を恢復していることを期待した。

分署を出るまえにバラードは刑事部にあるマカダムズ警部補のオフィスのドアをノックし、ラモナ・ラモネ事件捜査の最新状況を報告した。マカダムズは、トレントのブラスナックル・コレクションや、自宅を表現する際の逆さまの家という言葉の使用について、意見を留保した。証拠が状況的であることを注意し、バラードの昂奮《こうふん》の元となっているのは前妻の主張であると指摘した。

「それ以上の証拠が必要だな」マカダムズは言った。

「わかっています」バラードは答えた。「手に入れますよ」

遅番用の覆面パトカーを借りだすと、バラードはフリーウェイ101号線を使ってダウンタウンに向かった。ダウンタウン方向の渋滞と格闘し、駐車場所を見つけ、裁判所のエレベーターが来るのを待っているうちに、カーとの約束時間から二十分遅れたが、重大犯罪課の刑事は、ある法廷の扉の外にあるベンチに腰掛け、携帯電話でメッセージを確認しているところだった。

バラードは木製ベンチのカーの隣に腰を下ろした。

「遅れてごめん。なにもかもうまくいかなくて。渋滞、駐車、クソったれエレベーターを十分待たなければならなかった」

「ショートメッセージで連絡できただろうに。ま、気にしないでくれ。用件はなんだ、バラード？」

「オーケイ、きのう、わたしはあなたにひとつの質問をしたけど、あなたは答えてくれなかった。わたしたちが気を散らされたのか、あるいはあなたが質問を無視して先へ進んだか。でも、完全な答えを聞いていない」

「どんな質問だ？」

「あなたはわたしになぜマシュー・ロビスンに電話したのかと訊いて、わたしはあなたにどうしてわたしが彼に電話をかけたのを知っているの、と訊き返した」

「それには答えたよ。きみがロビスンに連絡を取ろうとしている、という情報をもらったんだ、と言っただろ」

「それは否定しないわ。でも、わたしがロビスンに電話したというのをあなたに話したのはだれ？」

「よくわからないな。なぜそれが問題なんだ？」

「考えてみて。ロビスンは行方がわかっていないの、いい？」

カーはすぐには答えなかった。バラードと共有する情報の重さをとても慎重に測っているようだった。

「ああ、われわれはロビスンを捜している」ようやくカーは答えた。

「ロビスンがどこにいるにせよ、もし生きているなら、携帯電話をいっしょに持っていると思うの、いい？」バラードは勢いこんで訊ねた。「あるいは、携帯電話がロビスンの自宅または、ほかのどこかで押収された？」

「おれが知る限りでは押収されていない」

「だったら、もしロビスンが身を隠しているとしたら、携帯電話を持っているはず。もし死んだのなら、だれが彼を殺したのであれ、彼の電話を持っているでしょう。どちらにしろ、わたしがロビスンに電話したことがどうやってわかるわけ？　そんなに早く彼らがロビスンの通話記録を入手したとわたしに言うつもり？　一日もしないで電話会社に記録を提出させる令状を手に入れたことなんかわたしは一度もない。ましてや、だれも働いていない土曜日に。それに加えて、ロビスンは証人であって、容疑者ではない。そもそも、彼の通話記録を手に入れる令状を取るための相当の理由自体が存在しない」

カーは答えなかった。

「ほかの可能性は、彼らがわたしの通話記録を入手するか、あるいはわたしの携帯電話に仕掛けをするかだけど、あなたがきのうわたしに嘘をつき、実際にはわたしは第一容疑者であるのでなければ、辻褄が合わない。もしそうだとしたら、あなたはわたしに会話を録音させなかったはず。それにあなたはミランダ権利を告知せずにわたしに話はしなかったはず」

「きみは容疑者ではない、バラード。その話はしただろ」

「わかった。じゃあ、わたしの質問に戻って。わたしがロビスンに電話をかけていると、どうやってだれかにはわかったの？」

カーはじれったげに首を横に振った。

「あのさ、おれにはわからないんだ」カーは言った。「ひょっとしたら人身保護の令状だったかもしれない。ロビスンはいなくなっており、彼がトラブルかなにかに巻きこまれているかもしれないと心配したから、通話記録を入手する令状を取ったのかもしれない」

「わたしはその可能性もすでに考えてみたけど、うまくいかないの」バラードは言った。「もしロビスンが無事であることを確かめたくて彼を見つけたいなら、携帯電話にピンを打ち、所在を摑んで、本人に確認を取ったはず。なにかほかにあるんだ。わたしが彼に電話したことをだれかが知っている。あなたはだれから聞いたの？」

「おれの話を聞いてくれ。おれが知っているのは、うちの警部補がミーティングから戻ってきて、きみがロビスンに電話をかけていた、とおれに言ったんだ。おまえはその理由を突きとめ、彼女に手を引かせろ、と言われた。それだけだ」

「あなたの上司の警部補はだれ？」

「ブラックウェルダーだ」

「わかった、どんなミーティングにブラックウェルダーは参加していたの？」

「なんだって？」

「警部補がミーティングから戻ってきて、わたしに関する指示をあなたに出した、といま言ったでしょ。馬鹿なふりをするのはよして。なんのミーティングだったの？」

「警部補はオリバスとほかふたりの強盗殺人課の人間とのミーティングに出ていた。チャステインが撃たれたあと、重大犯罪課が呼ばれ、オリバスがブラックウェルダーに事情を詳しく説明したミーティングだった」

「じゃあ、オリバスが情報源なのね。どうにかしてオリバスはわたしがロビスンに電話をかけていたのを知ったんだ」

カーはだれかがあからさまに自分たちを見ているのではないことを確認しようと、人の行き来の激しい廊下を見まわした。人々は、あらゆる方向に行き来していたが、だれもふたりの刑事に関心を抱いていないようだった。

「そうかもしれない」カーは言った。「だけど、オリバスが会議の部屋にいた唯一の人間じゃなかった」

「ひょっとしたらどころか」バラードは言った。「考えてみて。もしオリバスがロビスンの携帯電話を持っていないなら、どうしてわたしがロビスンに電話をかけつづけているのを彼が知っていたの？」

バラードは待ったが、カーはなにも言わなかった。

「どこか辻褄が合わない」バラードは言った。

「それってきみの警官犯人説の一部じゃないのか？」ようやくカーは言った。「きみはこの事件を警官の責任にしたいんだ」

「わたしは犯行を起こした人間の責任にしたい。それだけよ」

「じゃあ、次にどう動くんだ？」

「わからない。だけど、用心しながら進めないといけないと思う」

「あのな、バラード、わかったよ。オリバスはきみをひどい目に遭わせた。だけど、オリバスがこのことを知っていたり、あるいは情報を摑んでいるという証拠がかけらもないのにそれをほのめかしたりするのは――」

「それはわたしがしようとしていることではない」

「おれにはそう思えたんだが」

いらいらしてバラードは廊下を見まわし、なにをすべきか判断した。

「いかなきゃ」バラードは口をひらいた。

「どこに？」カーが訊く。「きみはこの件から手を引いておかねばならないんだぞ、バラード」

「わたしには調べなきゃならない自前の事件があるの。だから、心配しないで」

バラードは立ち上がり、カーを見下ろした。

「そんなふうにおれを見ないでくれ」カーは言った。「きみはなんの証拠も持っていない。仮説があるだけだ。だけど、犯人が警官であるというきみの見立てが正しいとしても、それを市警内できみの宿敵だとだれもが知っている人間に押しつけようとしても信用されないぞ、バラード」

「少なくともいまはまだ」バラードは言った。

バラードは立ち去りかけた。

「バラード、ここに戻ってくれないか？」カーが言った。

バラードは振り返り、カーをふたたび見下ろした。

「なぜ？」バラードは訊いた。「あなたはなにもする気がないし、わたしにはやらなきゃならない仕事がある」

「とにかくちょっと座ってくれないか？」カーは懇願した。

バラードは渋々座った。

「きみはきのうもそれをやったな」カーは言った。「『わたしにはやらなきゃならない仕事がある。さよなら』だ。そのもうひとつの事件のなにがそんなに重要なんだい？」

「人を傷つけるのが好きだから傷つけている男がいるの」バラードは言った。「そいつは悪の化身で、わたしは彼に止めさせるつもり」

「トーマス・トレントか？」

「いったいどうしてそれを知ってるのよ？」

すると、バラードは首を横に振った。答えは必要なかった。カーが答えてくれたけれども。

「全米犯罪検索コンピュータへのすべてのアクセスは記録されているんだ」カーは言

った。「きみがブースで死んだ三人とそのトーマス・トレントというやつを調べていたのをおれは確認した。この男は何者で、どんな関係があるんだろうと不思議に思ったんだ」

「いまならあなたは知っているわね」バラードは言った。「なんの関係もない。あなたのところの人間とは……。この事件はチャスティンや〈ダンサーズ〉やほかのどんな事件とも関係していない」

「知り得て嬉しいよ」

「いい、わたしがいまあなたに伝えた情報であなたはなにかやってくれるつもりがあるの、それともない？」

「やるさ、バラード。だけど、きみがほのめかしていることを考えてみてくれ。警察の警部補がバーで五人を殺し、自分たちの仲間をひとり手に掛けた。なんのために？なぜなら、彼は――いったいなんだ？　ギャンブルの負債か？　とんでもないこじつけだ」

「人が殺しをする理由なんてない。それはわかっているでしょ。それにもし一線を越えたなら、犠牲者が一人から六人になるのをどうやったら止められる？」

バラードは視線を外して、廊下に目をやった。その瞬間、ひとりの男がバラードの視線を避けたのに気づいた。男はホールを隔てた隣の法廷のまえにいた。スーツを着ていたが、弁護士というより警官に見えた。

バラードはさりげなくカーに視線を戻した。

「わたしたちを監視している人間がいる」バラードは言った。「黒人男性、太っちょ、茶色いスーツの男がホールを隔てた反対側に、法廷ひとつ分離れたところにいる」

「気を楽にしてくれ」カーは言った。「あれはクイック。おれのパートナーだ」

「あなたは自分のパートナーを連れてきたの？」

「きみは暴れヤマネコなんだ、バラード。何事もクールにやりたいと願っていた」

「きのう、わたしたちが〝ディナーデート〟をしていたときもいなかった？」

「ああ、そばにいた」

バラードは振り返ってカーのパートナーを見た。

「わたしにはそれほどすばやい《クイック》人間には見えないけど」

カーは笑い声を上げた。

「あの男の名前はクイントン・ケネディだ」カーは言った。「われわれは彼をクイックと呼んでいる」

バラードはうなずいた。

「さて、いいかな」カーは言った。「おれはこの件を全部検討してみるつもりだ、いいね？　うちの課に戻り、警部補に話をして、ロビスンの電話の件を解決しようと考えている。きみがロビスンに電話したのをどうやって突き止めたのか、調べてみる。もしきみが考えているようなものがあるなら、連絡をする。それから次のステップについて話し合わなければならない。どこまでわかったのかについて」

「わたしは地区検事局に持っていくよ」バラードは言った。「司法制度健全性部《ジェイ・シド》に持っていく」

「あのさ、先走りしないでもらいたい。きみがロビスンにかけた電話に関して知るよりもっと多くのことが必要だ。合理的な説明がありうるはずなんだ」

「あなたは考えつづけたらいいわ、カー。そしてクイックをまうしろに立たせておきなさい。わたしの元パートナーのような終わり方をしたくないでしょう」

バラードはふたたび立ち上がった。さらになにかを言うことなく、エレベーター乗り場に向かって歩いていく。バラードはクイックに向かって挑発的な敬礼をした。クイックはバラードがだれなのか知らないふりをして、目を細くしてバラードを見た。

だが、そうするには遅すぎた。

24

郡／USC共立メディカル・センター三階の急性期治療用病棟のナースステーションに到着したとき、バラードはいいニュースと悪いニュースを知らされた。いいニュースは、ラモナ・ラモネが意識を取り戻して覚醒し、かなりいい状態まで持ち直していたことだった。悪いニュースは、ラモネがまだ気管挿管されており、喋《しやべ》ることができず、手の合図を読み取った結果、自分がなぜ入院しているのか、あるいは自分の身になにが起こったのかわかっていない様子であることだった。

バラードは面会を認められ、病室に入るとラモナがまだ腫れている目を細くひらいた。ふたりははじめておたがいに見つめあった。この被害者が目覚めたのを目にし、彼女の悲惨な状況を理解しはじめると、胸が張り裂けそうになった。彼女の目には恐怖そのものが浮かんでいた。なにもわからないことに対する恐怖感だ。

「ラモナ」バラードは話しかけた。「わたしはレネイ。ロサンジェルス市警察の刑事で、あなたをこんな目に遭わせた男を見つけるつもりでいる」

バラードは持ってきたファイルをサイドテーブルに置き、ベッドのかたわらに立った。ラモナの目がびくびくして、キョロキョロと動いていた。顔は右側がまだひどく腫れており、非対称の形になっていた。バラードは手を伸ばし、ラモナの手を摑むと、自分の親指を彼女のてのひらに置いた。

「あなたはもう安全なの」バラードは言った。「もうだれもあなたを傷つけない。いまわたしはあなたにしてもらいたいことがあって、わたしが言っていることを理解しているなら、わたしの親指を握り締めて」

バラードは待った。すぐに握られるのを感じた。

「オーケイ、いいわ。それでいい、ラモナ。さて、こうしましょう――あなたにイエスかノーで答えられる質問をします、いいわね？　もし答えがイエスなら、わたしの親指を一回握って。もし答えがノーなら、二回握るの。オーケイ？」

バラードが待つと、一回握られた。

「いいわ。看護師の話では、あなたは自分の身に起こったことを思いだすのが難しいそうだけど、それってまったく記憶がないということ？」

二回握り締められる。

「じゃあ、いくらかは覚えている？」

一回。

「オーケイ、ではわたしたちにわかっていることについて話をさせて。そこから先をつづけていきましょう。きょうは月曜日なの。先週の木曜の夜、あなたはハイランド・アヴェニュー近くのサンタモニカ大通りにある駐車場で見つかった。匿名の通報があり、最初に対応したパトロール警官たちは、あなたが死んでいると考えた。それくらいあなたがひどい状態にあるように彼らには見えたの」

ラモナは目を閉じ、つむったままでいつづけた。バラードは先をつづけた。

「パトロール警官たちが救急車の到着を待っているあいだ、あなたは一時的に意識を恢復した。あなたは逆さまの家についてなにか言い、そのあと意識を失ったの。そこまでがわたしたちの摑んでいたすべてのことで、それを元に調べなきゃならなかった。そのあと、わたしはあなたが住んでいたRVのところまで出かけ、そこにいた人たちの話だと、あなたがいなくなって五日経っているということだった。何者かがその間ずっとあなたを拘束していたんだと思うの、ラモナ。そいつがあなたをひどく傷つけた」

バラードはラモナの片方の目尻に涙がこみあげてくるのを見た。まばたきをして涙をこぼすと、バラードを見る。質問を開始する頃合いだった。

「ラモナ、逆さまの家を覚えている？」

二回握り。

「オーケイ。あなたを傷つけた男のことはどう？　そいつを覚えている？」

バラードは待ったが、ラモナからはなんの反応もなかった。

「それは、ボーッとしているという意味？」

一回握り。

「わかった、それはかまわない。問題ないわ。じゃあ、基本的なことからはじめましょう。男の人種がなんだったか覚えている？」

一回握り。

バラードはラモナを先導しないよう注意しなければならなかった。まちがった動きをすれば、刑事弁護士は、証言席の彼女をばらばらにできる。

「オーケイ、選択肢をいくつか出すわね。答えによって一回、あるいは二回握りしめて。いいわね？」

一回握り。

「男はヒスパニックだった？」

二回握り。

「オーケイ、アフリカ系アメリカ人はどう？」

二回握り。

「白人男性だった？」

一回ギュッと握る。

「オーケイ、犯人は白人男性だった。ありがとう。姿形の描写に取りかかりましょう。犯人は目立った肉体的特徴を持っていた？」

二回握り。

「眼鏡をかけていた？」

二回握り。

「口ひげかあごひげを生やしていた？」

二回握り。

「背は高かった？」

一回握り。

「百八十センチ以上？」

ラモナは首を横に振り、会話に三番目の合図を加えた。

「それは確かではないということ？」

一回握り。

「オーケイ、わかった。いいわよ。はっきりしないときはいつでもいまみたいに首を振ってちょうだい。ここにあなたに見せたい写真が何枚かある。写真面通しと呼ばれているものなの。この写真のなかのだれかがあなたを傷つけた男と似ているかどうか確かめたいの。あなたに写真を見せてかまわない？」

一回握り。

「六人の写真を一度に見せる。じっくり時間をかけ、目を凝らしてちょうだい。そのあとで、写真のなかのだれかに見覚えがあるかどうか訊くから。いい？」

一回握り。

バラードはラモナの手を離し、サイドテーブルのほうを向いて、ファイルを手に取った。表紙をうしろに折り返す。六つの切り取られた窓に一枚ずつ入れられた顔写真が六枚あった。個々の写真の下には数字が記されている。バラードはそれをベッドの上に支え持ち、ラモナの目から三十センチ離して見せた。被害者の目が写真を見ていくのをバラードは見守った。その目には恐怖と懸念がはっきり浮かんでいた。バラードはほぼ一分間、なにも言わずにファイルを支えていた。

「オーケイ」バラードは言った。

自分の親指をラモナのてのひらに戻す。

「この写真ラインナップのなかにあなたを傷つけた男に似ている男性はいるかしら、ラモナ？」

バラードは待ったが、やがてラモナは首を横に振った。

「はっきりとはわからないのね？」

一回握り。

「オーケイ、じゃあひとりずついきましょう。一番と記された写真の男は、あなたを傷つけた男に似ている？」

二回握り。

「二番と記された男はあなたを傷つけた男に似ている？」

二回握り。

「オーケイ、では、三番はどうかしら？　この男はあなたを傷つけた男に似ている？」

今回、ラモナは首を横に振った。

「はっきりしないものの、どことなく見覚えがあるのね」

一回握り。

「オーケイ。次の写真にいきましょう。四番の写真の男はどう？」

また一回の握手。

「四番も見覚えがあるんだ」

一回握り。

「五番はどうかな、ラモナ？　あなたを傷つけた男である可能性はある？」

ためらいがちな柔らかな握手。

「五番もひょっとしてのひとりね。じゃあ、六番を見ましょう。この人があなたを傷つけた男である可能性は？」

二回強い握り。

「オーケイ、絶対に違うということね」

バラードはファイルの表紙を戻し、テーブルに戻した。ラモナは六枚の写真のなかの三枚に見覚えがあると認めたが、そのいずれも直接の人定はおこなえなかった。トレントの写真は、五番目の場所に入っていた。見覚えがあるとされたほかのふたりの写真は、現在州刑務所に収監中のふたりであり、被害者を拉致し、暴行を加えた男ではありえなかった。

いい反応ではなかったが、バラードは自分の失望を顔に浮かべないようにしなければならなかった。ラモナは脳に怪我を負っており、まだ恢復途上だった。そのような怪我が治るまでの時間は千差万別で、いま思いだせないことがのちにありありと浮かび上がってくることがあるかもしれなかった。記憶がけっして戻ってこない可能性もあった。待ちのゲームになるだろう。だが、バラードは待ちたくなかった。トレントであろうとほかのだれかであろうと、ラモナを傷つけた人間はだれであれ、ラモナの脳が治癒するのを待っているうちに、また人を襲う可能性があった。

バラードは明るい表情を装って、被害者のほうを向いた。

「よくやったね、ラモナ。大切なのは、あなたがどんどんよくなり、記憶がもっと戻ってくるのをわたしたちが確かめられること」

バラードは手を伸ばし、相手の手を握り締めた。

「あしたまたお見舞いに来るからね」

ラモナは手を握り返した。

階段に向かっていると、制服を着た警備員がナースステーションのそばをぶらついているのに気づいた。以前にその警備員を見たことはなかった。バラードは警備員と話をしようと、近づいていきながらバッジをちらっと見せた。

「ロス市警のバラード。あなたはいつもこの階にいるの？」

「いや、看護師長からの要請で、事件被害者がここにいるため、特別な警備をしているんだ」

「けっこう。それってルーズベルトに許可されているの？」

「いいや、ルーズベルトは夜勤の責任者だ」

バラードは名刺を取りだし、警備員に渡した。

「三〇七号室の患者に注意して。なにか起こったら、連絡してちょうだい、いいわね？」

警備員は少しのあいだ名刺を矯《た》めつ眇《すが》めつしていた。

「ああ、了解した」

病院の正面出入り口の外でバラードは足を止めると、現状を見積もった。あらゆる面でバラードの捜査は停滞しているという気の滅入《めい》る認識に直面していた。ラモナ・ラモネが攻撃者を確認できないため、たとえどれほどトレントが拉致犯だと心底バラードに確信があったとしても、証拠はなく、トレントに対する立件材料がなかった。チャステイン／〈ダンサーズ〉捜査に関しては、バラードの担当事件ではなく、事件の情報提供を期待できるカーは、バラードが渡した重要な手がかりを精力的に追及する意欲がないようだった。

　それやこれやでバラードは、自分が無力な気がして、すっかり気が塞いでいた。ポケットに手を伸ばし、ベアトリス・ボープレが昨夜寄越してくれた鍵の歯を親指で撫《な》でた。逆さまの家へいき、なかになにがあるのか確かめようとする衝動を抑えようとする。それは越えるには大きな一線であり、いま抱えているフラストレーションがそれを考慮させるくらい自分を追い詰めているのがわかった。

　鍵をポケットに残し、携帯電話を取りだした。ヴァレー地区のアキュラ販売店に電話をかけ、トーマス・トレントを呼びだした。相手が確認できる場所にいることが、一線を越えるための第一歩だった。

「すみません、トムはきょう休んでいます」オペレーターが言った。「伝言をお預かりしましょうか？」

「いえ、伝言はけっこうです」バラードは言った。

　バラードは電話を切り、トレントの家をこっそり探るという衝動を抑える必要があることで少しホッとしていた。トレントが休みを取っている以上、あまりに危険だった。仮に家にいなくとも、いつなんどき姿を現すかわからなかった。可能性があるように思えたアイデアは、いまではなんの見こみもないものになっていた。

「畜生」バラードは言った。

まだ午後二時であり、きょうはバラードのオフ日だった。翌日の夜遅くまで仕事には戻らない。バラードは頭をクリアにし、うろたえている感覚を追い払ってくれるだろう唯一のことをする気になった。

北へ向かうことにした。

25

午後四時までにバラードは覆面パトカーを返却し、自分のヴァンに乗り、急いで昼食をとると、犬を迎えにヴェニスに車を進めていた。いまはパシフィック・コースト・ハイウェイをヴェンチュラ目指して北上しているところだった。車窓を下げており、海風が吹きこんでいた。事件に関する考察がうしろへ流れ去っていく。ローラは助手席に座り、窓から鼻面を突きだし、風を浴びていた。

そうした気分がすっかり変わったのは、車に乗って一時間ほど経ち、ポイント・マグを通り過ぎたところで８１８の市外局番の電話がかかってきたときだった。ヴァレー地区の市外局番だ。バラードはその番号に見覚えがなかったが、とにかく出てみた。

トレントだった。

「やあ、こんにちは！」トレントは陽気な声で話しかけてきた。「トム・トレントです。ぼくがなにを見ているか、当ててみてください」

「わからないな」バラードは辟易《へきえき》して言った。

「アークティックホワイト色の二〇一七年製ＲＤＸ、全装備付き、いつでも走れる用意が整っています。いつ販売店に立ち寄っていただけます？」

「あー、あなたはお店にいるの？」

「もちろん」

バラードはわけがわからなかった。数時間まえに電話をかけたとき、トレントは休んでいると言われた。バラードの困惑を感じ取ったようだった。

「きょうはオフの予定だったんです」トレントは「でも車両仕入れ担当が連絡してきて、白のＲＤＸが手に入ったと言ったので、すぐに出勤したんですよ。ほかのだれかにこの車をかっさらわれたくなかったんです。今夜、何時だとご都合がつきますか？」

バラードはアポイントを設定すれば、トレントが販売店にいて待っているあいだに彼の自宅へいけるとわかった。だが、病院をあとにしてからこの数時間、そっちの線から後退しており、もう一度線を越えられるかどうか定かではなかった。すでに祖母に電話をかけ、夕食に向かうと伝えていた。

「今夜は都合がつかないな」バラードは言った。「そちらへはいけないの」

「ステラ、ぼくはあなたのためにここにこの車を仕入れたんですよ」トレントは言った。「美しい車です。リアビュー・カメラ付きです、なんでも付いている。仕事から自宅へ向かう途中で立ち寄っていただくのはいかがでしょう？」

「わたしは今夜自宅へはいかないのよ、トム。街を離れているの」

「ほんとに？　あのサーフィン用トラックでサーフィンに出かけるんですか？」

バラードは凍りついたが、試乗したとき、駐車場に自分のヴァンを乗り入れ、屋根にボードを載せていたのを思いだした。

「いえ、トム。サーフィンはしない。仕事で街を離れているの。戻る際に立ち寄るわ。誤解させてごめんなさい」

バラードは相手に返事をさせるまえに電話を切った。この電話のどこかに薄気味悪さを覚えさせるものがあった——試乗の際のやたら気易《きやす》い態度といい。

「クソ」バラードは毒づいた。

ローラが窓から振り返り、バラードを見た。

携帯電話がまた鳴り、たちまち怒りがこみあげてきた。トレントがかけ直してきたと思った。

だが、トレントではなかった。ロジャーズ・カーだった。

「オーケイ、令状だった」カーは言った。「強盗殺人課が彼の通話記録から知ったんだ」

カーはロビスンの携帯電話とそれにかけたバラードの電話の話をしていた。バラードは懐疑的になった。

「どうやって相当の理由がないという問題を解決したの？　ロビスンは証人であって、容疑者じゃないのに」

「ロビスンが容疑者であるとは言わなかったんだ。緊急事態であると主張し、当該携帯電話の所有者が危険な目に陥っている可能性があるとしたんだ。それだけだ」

「ほかになにか手に入れた？　たとえばほかにだれがロビスンに電話し、ロビスンがだれに電話したかとか？」

「いや、バラード、手に入れていない。おれは訊きもしなかったんだ。それはおれが割りあてられた捜査の一部ではなかったから」

「もちろん訊かなかったんでしょうね。つまり、頭を砂に隠して知らぬふりをしたほうが楽なときにがんばる理由はないもの」

「バラード――」

バラードは電話を切り、ヴェンチュラまでの残りの距離を黙って運転し、市外にいることでどうにかフラストレーションを抑え、まえを向いていた。

その夜の食事のおり、バラードの祖母は、子どものころのバラードのお気に入り料理をこしらえて孫娘を元気にしようとした——黒豆と米のグアカモーレと揚げバナナ添え。バラードはその一品を気に入ったが、料理をほめる以外にほとんど言う言葉がなかった。話と質問の大半を占めたのはその料理だった。

トゥトゥは小柄な女性で、歳とともに縮んでいくようだった。肌は永年陽に晒されてきたことで、栗色《くりいろ》になり、硬くなっていた。最初、ひとり息子にサーフィンを教え、世界中のビーチを旅してまわり、息子が競い合うのを見つづけたのだ。それでもトゥトゥの目は鋭く、孫娘のことをほかのだれよりもよく知っていた。

「事件に取り組んでいるのかい？」トゥトゥは訊いた。

「取り組んでいた」バラードは答えた。「いまはエンスト中かな」

「でも、なにかを調べているんだろ。わたしにはわかるよ。ひどくおとなしいから」

「そうだね。ごめんなさい」

「おまえには大切な仕事がある。かまわないさ」

「いや、そうじゃないの。少しのあいだ、いろんなことを忘れなきゃならないの。もしかまわないなら、食事のあと、車庫にいって、洗濯と、あした使うショートボードにワックスをかけたいんだけど」

「パドルにいくんじゃないの？」

「気分転換が必要かなと思っている」

「やらなきゃならないことをおやり。皿を洗ったら、わたしはもう寝るよ」

「わかった、トゥトゥ」

「だけど、あのね、最近マカニからなにか連絡はあるかい？」

「いえ、クリスマス以来ない」

「それはひどいね」

「全然。そういうものだよ。あの人はクリスマスに公衆電話をたまたま見かけたんだ。あとはなにか必要だったら連絡してくるんじゃないかな。それで充分」

マカニはバラードの母親だった。レネイが知るかぎりでは、マカニは存命で、息災で、マウイ島のカウポの人里離れた牧場に暮らしていた。彼女は電話を持たず、インターネット環境もなかった。それに二十年まえ、亡くなった父親が育った故郷で暮らさせるため本土にいかせた娘と定期的に連絡を取りたいと思っていなかった。バラードが大学に進むため、生まれ故郷のハワイに戻ってきたときですら、なんの連絡もなかった。自分が父親と似すぎているせいだと、バラードはつねづね思っていた。マカニより波を取った男に似すぎているせいだ、と。

バラードはキッチンに留まり、いつもしているように皿洗いの手伝いをし、流しで祖母と隣り合って家事をした。それから祖母にハグをして、おやすみなさい、と伝えた。バラードはローラを家のまえの庭に連れていき、犬がトイレをしているあいだ、澄んだ夜空を見上げた。そのあと、ローラを犬用ベッドに連れていき、ヴァンから運んでおいた引き締め紐《ひも》付きランドリーバッグを取りに自分の部屋に向かった。

車庫でバラードは汚れた衣服を洗濯機に放りこみ、洗濯をはじめさせた。車庫の奥の壁に沿って据え付けているボード・ラックに近づく。サイズ順に八枚のボードがスロットに入って並んでいた――いまのところバラードの生涯のコレクションだ。一度もボードを売りに出したことはない。それらにはあまりにもたくさんの思い出が詰まっていた。

最初のスロットからショートボードを抜きとり、ワックスがけとクリーニング用スタンドとして使っている逆さにしたアイロン台に持っていった。ショートボードは、スリック・スレッド社製の六フィート・ビスケットで、ピンクのレールとパープル・ペイズリー模様のデッキになっていた。バラードの最初のボードだった。十三歳のとき父親が買ってくれたものだ。デザインよりも明るく刺激的な色で選んだ。太陽と塩に晒され、ボードの色はいまでは色褪《いろあ》せていたが、比較的新しめのモデルよりタイトなターンができ、波面を砕くことができた。歳をとるにつれ、ますます頻繁にラックから下ろすボードになってきたようだ。

サーフィンをはじめた最初の日から、バラードはボードのクリーニングとワックス塗りをして、翌日の準備をする作業が好きだった。父親はバラードに、サーフィン日和はまえの晩からはじまる、と教えてくれた。何時間もかけて靴を磨いたり、革ホルスターやベルトにオイルを塗ったりしているハリウッド分署の刑事たちをバラードは知っていた。それにはある程度の集中が必要で、事件の重荷を解き放ってくれるのだった。心が晴れ、新鮮なものにしてくれる。バラードにとって、サーフボードにワックスをかけるのは、おなじ効果をもたらした。なにもかもうっちゃることができた。

まず、すぐそばの作業台に載っている道具箱からワックス・コームを取りだし、デッキから古いワックスを剝がしはじめた。すべてをフレーク状にしてコンクリートの床に落とし、あとで拾うようにする。この工程の最後のステップは、掃除なのだ。

いったん大半の古いワックスを剝がすと、作業台の上の棚からファイヤーウォーターのガロン入り罎《びん》を掴む。洗浄溶剤をぼろ布に注いで、ボードのデッキを拭きはじめ、頭上の照明がピカピカ反射するまで磨く。壁にあるボタンに近づいて押し、溶剤の化学臭を消散させるため、車庫の扉をあけた。

ボードに戻り、古いテリークロス地のローブで乾かしてから、棚の未開封のセックス・ワックスの小箱を手に取った。慎重に下塗りをしてから、デッキに分厚く上塗りをした。バラードはいつもグーフィー・スタンスでボードに乗っていた――右脚をまえに出す姿勢だ――そしてボードのテール部分のワックスをかならず厚く重ねるようにしていた。そこの部分を左足の踵《かかと》でふんばるからだ。

どのサーファーもそれぞれのワックスの塗り方に特徴があった。バラードはつねに父親の指導に従い、前方から後方へワックスを塗り、水線に並行する溝を残すようにしていた。

「流れとともに進むんだ」父はよく言っていた。

ワックスがけが終わると、バラードはボードをスタンドの上にひっくり返し、仕上げにかかった。一連の工程でもっとも大切な箇所だ――水面と接するボードの表面の清掃と磨き上げだ。

バラードはまず身を乗りだし、ノーズに近いところにある古いファイバーグラスのパッチが万全の状態であることを確認した。このボードはフィジーのタバルア島への旅の際、サーフ・バッグのなかで凹《へこ》んでしまった。二十年間でこのボードは世界じゅうをまわったが、父のパッチ当て箇所が唯一の傷だった。パッチのファイバーがほつれはじめており、すぐにこのボードをファイバーグラス・ショップに持ちこまねばならないだろうとわかった。だが、少なくともビーチであと一日くらいは保つだろう。

　次にベンチにある缶からボード用のキーを摑み、キール・フィンを締めた。最後にボードにさらにファイヤーウォーターを流しかけ、表面全体を綺麗《きれい》にした。乾かすと、いつでもサーフィンにいける状態になった。とてもつややかでピカピカ光っており、ヴァンの上に載せようとボードを傾けると、自分自身の姿が映るのが見えた。

　それと同時に背後から突然の動きがやってくるのが見えた。バラードが反応できぬまま、黒いビニール袋が頭にすっぽり被せられ、首のまわりできつく締められた。バラードはボードを手から落とし、抗いはじめた。ビニール袋と背後からそれを強く締めてくる手を摑んだ。すると、分厚い筋肉に包まれた腕が回りこんできて、首の両側を万力で締めつけるようになった。前腕がバラードの首のうしろに押しつけられ、さらにV字ホールドにバラードの首を押しやる。その万力に固められたまま、バラードは、襲撃者がうしろに体を反り、胸をテコにしてこちらの体を持ち上げようとしたときに、自分の足が地面を離れるのを感じた。

まもなくバラードは空中を空《むな》しく蹴り、両手はなにも摑むものを見つけられなくなった。

そして暗闇がバラードを捕らえた。

26

バラードは目をひらき、頭を起こそうとした。背後からほのかな明かりが射《さ》していた。自分がいまいる場所を把握しようとし、本能的に薬を投与されていたことに気づく。首をひねると、視野がバケツに入った水のように跳ね、やがて収まり、安定した。目をギュッとつむって、ふたたびひらく。事態はなにも変わっていない。

自分が裸なのに気づく。体のあちこちに痛む箇所があった。猿ぐつわを口にきつくかまされていて、歯のあいだにはさまれ、うしろに引かれていた。そして動けなかった。背もたれがまっすぐな木製の椅子に座っていた。手首は背後にまわされて、椅子の後脚に縛りつけられていた。あまりにもきつく、あまりにも長く縛られていたため、指から感覚がなくなっていた。一本のベルトが胴にまわされていて、座席の背もたれにしっかり押さえられていた。足首は椅子の前脚にくくられている。

なにが起こったのか思いだそうとした。殴られたのか？　レイプされたのか？　不安を抑えるのが難しかった。猿ぐつわのあいだから息をしようとすればするほど、乳房の真下で肋骨《ろっこつ》に食いこんでいるベルトに胸が広がるのを止められた。

もう一度、顔を起こし、まわりの様子を確認した。左側、壁に張られた等身大の鏡に映るぼやけた自分の姿が見えた。手首と足首の縛《いまし》めは、黒いプラスチック製の結束バンドだった。

左側には小さなテーブルもあったが、そこには一本の鍵が載っている以外、なにもなかった。部屋の遠い方の端に床から天井までの高さのカーテンがあり、閉まっていた。カーテンの縁のまわりから光が漏れ入ってくるのが見えたが、それが日光なのか、月光なのか、人工的な明かりなのか、判別はつかなかった。カーテンのそばの床に自分の服が積み重ねられているのが目に入った。引き裂かれているか、身につけていたときに切り取られたかのようだった。

自分がどこにいるのかバラードにはわかった。トーマス・トレントの逆さまの家の下の階だ。そこをガラスの反対側から見ていた。それと、自分の置かれている状況に対する陰鬱な認識が、おぞましい恐怖をバラードの胸に叩きこんだ。縛めを緩めようとしたが、動かせなかった。

バラードは鼻から呼吸をはじめた。その通路は邪魔されておらず、バラードは空気を長く、深々と吸いこんだ。血液に酸素を送りこめば送りこむほど、毒素が——いったいなんの薬をあてがわれていたのであれ——早く抜けていくのを知っていた。なにが起こったのか思いだそうと心がせわしなく動いた。サーフボードと車庫のイメージが浮かび上がった。背後から摑まれた。絞め技をやられたのを思いだし、その記憶に体が震えるのを感じた。

トゥトゥ。祖母も拉致され、あるいは傷つけられたのだろうか？　どうしてトレントはヴェンチュラのことを知っていたのか？

バラードは、運転しているあいだにトレントと車について話したのを思いだした。トレントが電話をかけてきて、販売店へ招待したがバラードは断った。あれはでっち上げだったのか？　トレントはバラードを尾行していたのか？　どうやってバラードが警官であることを突き止めたのか？

それらの疑問に対する答えはひとつしかないように思え、それもまた胸への二発目の恐怖パンチになった。

ベアトリスだ。

バラードは、自分が前妻を読み違えていたのを悟った。ベアトリスはトレントにバラードのことを話したのだ。

　だが、それでもヴェンチュラの説明にはならない。ステラという顧客がバラードに結びつく説明にはならない。バラードはベアトリスに自動車販売店のことをなにも話しておらず、実際にはトレントと話したことも言っていなかった。

　すると、パシフィック《P》・コースト《C》・ハイウェイ《H》でかかってきた電話を思いだし、自分がトレントに、街を出ていると言ったのを思いだした。サーフィン用トラックとトレントは言っていた。バラードのヴァンから追跡したんだろうか？　バラードはもう一度縛めを緩めようとしたが、今回も動かせなかった。

　するとトレントの声が聞こえ、バラードはゾッとした。

「無駄な努力はするなよ、レネイ。そいつは壊せない」

　バラードは鏡を見たが部屋のどこにもトレントの姿は見えなかった。すると、トレントは奥まった小部屋から歩みでて、バラードのそばに近づいた。通り過ぎ、振り返るとバラードを見下ろす。二本の手で乱暴に猿ぐつわをバラードのあごまで押し下げ、それが首からぶら下がるに任せた。

「祖母はどこにいるの？」バラードは訊いた。声が恐怖で引《ひ》き攣《つ》っていた。「彼女になにをしたの？」

　トレントは長いあいだバラードをじっと眺め、おそらくは彼女の感じている恐怖を堪能《たんのう》しているようだった。

「自宅のベッドでまだ寝ているんじゃないかな」ようやくトレントは言った。「おまえは自分の心配をしたほうがよさそうだぞ」

「わたしになにをあてがったの？　薬を与えたでしょう」

「ケタミンを少量注射しただけさ。特別な機会のために取っておいているんだ。車に乗せて運んでいるあいだ、確実に扱いやすくしておく必要があった」

バラードはすぐに前向きなニュースを計算した。ケタミンのことは知っていた。永年、バラードは、そのとき流行し、性的暴行事件で姿を現しているデートレイプ・ドラッグに関して市警が発表するすべての資料に律儀に目を通し、研究してきた。ケタミンの主な使用目的は、麻酔薬としてだった。だが、その効果は長続きしないこともバラードは知っていた。数分まえ目を覚ましたときに感じていた催眠術にかかったような気だるさがすでに消えかけているのをバラードは感じ取れた。まもなく完全に覚醒するだろう。それはトレントの側のミスとしてバラードはカウントしなければならなかった。そして、ミスの起こるところ、希望があった。

「ファック・ユー、トレント」バラードは言った。「あんたはこれから逃れられると思っているの？　チャンスはない。あんたのことを知っている人間がおおぜいいる。

わたしが話した人間が。報告書も書かれている。わたしにはパートナーがいる。警部補がいる。これはおしまいよ。あんたは終わりだ――たとえわたしになにをしたところで」

トレントは眉をひそめ、首を横に振った。

「そうは思わないな、レネイ」トレントは言った。「ここから海岸沿いにずっと北にいったビーチにおまえのサーフィン用トラックが停まっているのが見つけられるだろう。おまえの姿はどこにも見当たらない。おまえが幸せな気持ちじゃなかったのが調べでわかり、おまえの祖母はおまえがボーッとして、少し気分が沈んでいたようだと証言せざるをえないだろう」

バラードは自分が祖母の家にいるあいだずっとトレントがなかに潜んでいたのだろうか、と訝った。食事どきにトゥトゥと交わした会話――ほとんど会話とは言えないものであったとはいえ――に耳を澄ましていたのか？

「一方、警察はおれのところに話しに来るかもしれないが、いったい連中はなにを持っているんだ、レネイ？　なにも持っていない。それにおれがおまえに電話をかけて、おまえが注文した車が入ってきたと伝えているのを聞いていた証人がおれにはいる。彼らはおれが販売店に来てくれと懇願していたけど、おまえはノーと答え、もう車は欲しくないと言ったと証言してくれるだろう」

トレントはそこでわざとらしく間をあけた。

「おまえは刑事だ」トレントは言った。「これがどうなると思う？　死体はない、証拠はない、事件そのものが存在しない」

バラードは返事をしなかった。トレントはまえに身を乗りだし、片手をバラードの左耳のそばにある椅子の背柱に置いてバランスを取った。それから反対の手を伸ばし、バラードの太ももまで下げてきて、太もものあいだに差し入れた。バラードは身じろぎした。

「おまえはもうおれのものだ」トレントは囁《ささや》いた。

バラードは顔を背け、座席の上で身を引こうとしたが、どこにも逃げ場はなかった。トレントは手を上に持っていき、まるでバラードの力を確認するためであるかのように右の上腕の筋肉を握り締めた。

「おれはいい戦いが好きだ」トレントは言った。「はじめておまえを見たとき、おまえはいい戦いができるとわかった。おまえは楽しませてくれるだろう」

ついでトレントはバラードの右の乳首を愛撫《あいぶ》しながら、笑みを浮かべて体を起こした。

「もうひとつおれが好きなものはなんだと思う？」トレントは言った。「日焼けラインがないことさ。販売店でおまえを見たとき、日焼けラインを見たくて、下を向かせたんだ。あの滑らかな茶色い肌――おまえはなんなんだ？　ポリネシア系か？　ひょっとして白人とポリネシアのハーフなのか？　少しメキシコも入っているかも？」

「ファック・ユー」バラードは言った。「わたしがなにかといえば、あんたを倒すものさ」

トレントはそれを聞いて笑い声を上げた。

「いずれわかるさ、レネイ」トレントは言った。「それからいろいろとあとで話ができる。だが、いまは、おまえに大切な質問がある」

するとトレントはテーブルに手を伸ばし、鍵を手に取った。それをバラードの顔のまえに持っていく。バラードはその鍵に見覚えがあった――ベアトリスから渡された鍵だ。ジーンズのポケットに入れていた。

「これをどこで手に入れた？」トレントが訊いた。

「なんの話をしているのかわからない」バラードは言った。「わたしの鍵じゃない」

「ああ、おまえの鍵じゃないのはわかっている。なぜなら、おれの家の鍵だからだ。玄関のドアで試してみた。だが、それがおまえのポケットに入っていた。どうやって手に入れたのか知りたいんだ」

「言ったでしょ――」

いきなりトレントの左腕がまえへ突きだされ、バラードの喉を摑んだ。トレントはまえへ進み、椅子の背にバラードの頭を押しつけ、そこに押さえつけた。トレントは身を乗りだし、バラードは相手の熱い息が顔にかかるのがわかった。

「おれに嘘をつくな」

バラードは返事ができなかった。トレントの握り締める手によって気道が潰されかけていた。またしても闇が近づいてくるのを感じたが、ようやくトレントが手を離した。

バラードは声を出そうとしたが、喉が傷ついたのを感じた。

「言ったでしょ、わたしの鍵じゃないって」

「おまえの服のなかで見つけたんだ！　おまえの服を徹底的に捜したら、見つかった鍵がおれの――」

トレントはふいに言葉を止めた。鍵を見る。バラードは暗い認識の雲がトレントの顔にかかるのを見た。

「あのクソ女」トレントは言った。「あいつがこれをおまえに渡したんだな。前の嫁のあのマンコとおまえは話したんだろ？」

「いいえ、トレント」バラードは言った。「だれの話をしているのかすらわからない」

トレントはバラードの顔から十センチほど離して鍵を振った。

「嘘つきめ」トレントは言った。「あいつがこれをおまえに渡したんだ。あいつはずっと持っていて、おまえに渡した。そうすればおまえはおれの家に入れるから。あのクソったれ女め！」

トレントはうしろに下がり、両手を拳に丸め、自分のこめかみに持っていった。バラードは相手の目に憤怒《ふんぬ》が浮かんでいるのがわかった。するとトレントはいきなりバラードに向き直った。

「いいか、どうなると思う？」トレントは言った。「おれはちょっとした再会の場を設定してやる。あの女とおれとおまえとのな、レネイ。こいつは楽しいことになりそうだ」

「トレント、待って」バラードは言った。「そんなことしたくないでしょ。彼女になにかしたら、すぐに警察がこの家までやってくる。女性が殺されたとき容疑者リストのいちばん上に来るのは元夫だとわかっているでしょ。わたしの場合は、うまくいけば逃れられるかもしれないけど、彼女の場合はダメ。彼女は関わらせないで」

トレントは鍵をテーブルに放り投げると、バラードの真正面になる位置を取った。身を乗りだし、丸めた拳をバラードの太ももに押しつける。

「そんなふうにあの女を救おうとするなんて、なんて気高いことだな？　だが、サーファー・ガールとおなじように、妻も痕跡を残さずに消えたとしたらどうなる？」

「おなじことよ、トレント。警察はまっすぐここに来る」

「そうは思わないな。妻がＳＭポルノの女王のときには。おれがなにを考えているかわかるか？　警察はこう考えるとおれは考える――『いい厄介払いができた』と」

「トレント、やめなさい。彼女はなにも関係――」

バラードは言い終えることができなかった。トレントはまえに手を伸ばし、両手で乱暴に猿ぐつわを引き上げ、バラードの口のなかに戻した。それから尻ポケットに手をまわして、黒い眼鏡ケースを取りだした。それをひらくと、注射器とラベルの貼ってあるアンバー色の小壜《こびん》が現れた。バラードはそれがケタミンであり、トレントがまたしても薬を打とうとしているのだとわかった。

「しばらくおまえを眠らせておく必要がある」トレントは言った。「おれが戻ってきたら、美しい花嫁といっしょにパーティーをひらこう」

バラードは縛めをほどこうともがいたが、勝ち目がなかった。猿ぐつわごしに話そうとしたが、言葉が紡げなかった。トレントは小壜のゴム蓋に注射針を突き刺し、透明な液体を一定量抜き取った。

「こいつは猫や犬をおとなしくさせるときに使われているんだ」トレントは言った。

「人間にもとても効果があるんだぜ」

トレントはテーブルに小壜と眼鏡ケースを置き、注射針を上に向け、指ではじく工程に取りかかった。

「気泡が混じってほしくないだろ？」

バラードは目に涙が込み上げてくるのを感じた。自分にできることは相手を見ていることだけだった。するとトレントは身を乗りだし、片手をまた椅子の背柱に置いた。ぞんざいに注射針をバラードの左太ももに刺す。バラードはビクンとなったが、それが彼女にできる最大の動きだった。トレントは親指でゆっくりと押し子《プランジャー》を押していった。バラードは注射針の中身が自分の体に流しこまれるのを感じた。

「すぐさま効いてくる」トレントは言った。「最長で二分だ」

トレントはうしろに下がり、注射器と小壜をケースに片づけはじめた。

「こいつはあのクソ女にも要るかもしれないな」トレントは言った。「あいつは抵抗の仕方を心得ているから」

バラードはまるでトンネル越しに見ているように遠くからトレントを見ていた。すでにケタミンが自分の組織のなかを動いて、その仕事をしているのを感じていた。縛めに対して筋肉を使おうとしたが、それすらできなかった。どうしようもなかった。トレントは眼鏡ケースをパチンと閉めてから、その様子に気づき、バラードを眺めた。笑みを浮かべる。

「いい気分だろ？」

バラードは自分が滑って遠ざかっているかのような気分になりながら、トレントを見つめた。まもなくトンネルが崩壊し、光のピンホールになった。そしてそののち、それすらも消えた。

27

口に血の味がした。バラードは目をあけたが、見当識を失っていた。すると、すべてが戻ってきた。逆さまの家。椅子。縛め。トレント。猿ぐつわは元の位置に戻される際にバラードの口の両端を切っていた。首が強《こわ》ばり、動かすのが難しかった。あごを上げようとすると、またしても視野がふらついた。

室内は暗かった。トレントは出ていく際に照明を消していた。部屋の奥にあるカーテンのまわりにほのかな光の輪郭が見えるだけだった。どれくらい気を失っていたのか、あるいはトレントが戻ってくるまでどれくらいの時間があるのか、バラードにはさっぱりわからなかった。

まわりを見まわし、鏡に映る暗い自分の姿を見た。まだ縛られている。体に力をこめたが、縛めはまえとおなじように強く、弾力性がなかった。落ち着いて考えようとし、いま感じているパニック感覚の程度を小さくしようとした。

ベアトリスのことから考えはじめた。トレントはベアトリスを捕まえに出かけた。バラードは逆さまの家の場所を知っており、ベアトリスが暮らして働いている場所も知っていた。ふだんの交通量であれば片道最短で二十五分だ。もし真夜中なら、もっと早く進めるだろう。もし日中なら、もっと時間がかかるだろう。トレントはベアトリスを拉致し、身柄を押さえる方法も見つけなければならないだろう。もしベアトリスが倉庫でひとりでいるなら、簡単に済むかもしれない。ビデオ制作の最中であれば、人々がまわりにおり、事態をかなり複雑にし、トレントは時間をかけなければならなくなるだろう。

あまりにも変数が多く、そのどれも重要ではなかった。なぜならバラードは自分がどれくらい意識を失っていたかという出発点をわかっていなかったからだ。ひとつわかっていることが、バラードに希望のアドレナリンを分泌させた。いまバラードはひとりであり、トレントはミスを犯した。さきほど、鏡で自分の姿を見たとき、手首と足首を椅子の脚に結びつけているのは、黒いプラスチック製の結束バンドだとわかった。ホームセンターで売っているたぐいのものに見えた。ケーブルやほかの工業用品や家庭用品を束ねるために設計された細いバンドであり、警察が携行し、人間を拘束するために使用するたぐいのものではなかった。

目的や強さに関係なく、バラードはすべての結束バンドがひとつのことを共有しているのを知っていた——それらは完全に物理法則に従うのだ。

法執行機関では、結束バンド、あるいはプラスチック製手錠は、一時的な拘束装置と公式にはみなされていた。手錠とおなじリーグに属するものではなかった。一方がプラスチック製であり他方が鋼鉄製であるという単純な理由からだ。公式の警察内回覧や点呼室、署の裏にある廊下での雑談では、数多くの逸話や警告が交わされていた。そのメッセージはシンプルだ——プラスチック手錠の逮捕者からは目を離すな。どれほど頑丈であろうと関係なかった。プラスチックは物理法則に従うのだ。摩擦は熱を発生させる。熱はプラスチックを膨張させる。

バラードは手首を動かそうとした。今回は抑制に逆らって押しやろうとするのではなく、垂直の脚に沿って手を上下させた。縛めは非常にきつく、上下方向どちらにも数センチしか動かせなかった。だが、上下に一センチずつ動かせれば充分だった。腕をピストンのように動かしはじめ、上下、上下、できるだけすばやく動かし、プラスチックと木とのあいだで摩擦を生じさせた。硬いプラスチックのバンドが皮膚に食いこみはじめ、苦痛を与えた。だが、すぐに自分が作りだしている熱も感じられるようになり、それがいっそう腕を早く動かす原動力になった。

痛みが耐えがたいほどになり、まもなくバラードは手首から手を伝って血が滴り落ちていくのを感じた。だが、バラードは止めなかった。そしてやがて一センチの動きが二センチになり、五センチになるとプラスチックが緩みはじめるのを感じた。

バラードは猿ぐつわを噛みしめ、涙が顔を流れ落ちたが、手を動かしつづけた。自分でカウントして二分置きに手を止め、すばやく縛めの状況を確認しながら。両方の手でおなじ努力をしていたが、まもなく左の手首の縛めのほうが摩擦に反応し、熱をより上昇させていくのが明白になった。右側の努力を止め、左に倍の力を傾注して、すべての力を腕のピストン運動に注いだ。

腕の痛みが肩と首までのぼってきたが、バラードはなおもつづけた。まもなくすると手首の血と汗が滑りやすさを増し、やがていきなり、上向きに引っ張った際に、手が縛めからすっかり離れ、結束バンドの角でてのひらの側面の皮膚をこそげ取られた。

片手が自由になり、バラードは猿ぐつわのまま叫びを上げた。解放された原初的なわめき声を。血まみれの手を上に持っていき、まだ指に感覚がなかったが、なんとか猿ぐつわをあごの下まで引き下ろした。

「マザーファッカー！」バラードは部屋に向かって叫んだ。

そのあとバラードはすばやく動いた。トレントはテーブルに鍵を残していた。引き戸から漏れる光に鍵が光っているのが見えた。バラードはテーブルに手を伸ばしたが、三十センチ足りなかった。自由になった腕を振り子にして、椅子が傾くまでまえへ揺らした。椅子が倒れると、鍵を摑もうとしたが、失敗し、椅子に座ったまま顔から倒れた。

だが、床に倒れると、容易にテーブルの脚に手が届いた。テーブルを引き寄せて、斜めに傾《かし》げる。鍵が床の手の届く範囲に滑り落ちた。バラードは鍵を摑んだが、親指やほかの指がまだ無感覚でしっかり摑むのが難しかった。

左手に命を吹きこもうとしながら、右手の作業に移り、また脚に沿って上下に動かした。まもなくすると左に感覚が戻ってきて、鍵をしっかり摑めるようになり、その歯をノコギリのように使って、右手の柔らかくなりかけているプラスチック・バンドを擦った。やがて二番目の縛めが断ち切れ、両手が自由になった。

まだ床に横になったまま、バラードは胴にまわされたベルトのバックルを外した。足首はまだ椅子に縛りつけられていた。バラードは左側に体を倒し、まえに体を曲げると、椅子の前脚と後脚のあいだに渡された貫《ぬき》の一本を摑めた。貫を椅子の脚から外そうと力をこめたが、がっしりはまっていて外れなかった。すでに出血している手のひらの付け根部分を使い、貫を殴りつけたが、あいかわらず動きはしなかった。バラードはもう一度殴ってみたが、おなじ結果に終わった。

バラードは次の一撃に全身全霊をこめたので、耳にしたパキッという音は貫が立てたのか、手の骨が立てたのかわからなかった。

「こん畜生！」

バラードは痛みが若干引くまで一瞬動きを止め、ついで貫を摑んで引っ張った。木は折れており、まんなかで引っ張ると、脚から外せた。バラードはプラスチック・バンドを椅子の脚に沿わせて滑らせ、片脚を椅子から外すことに成功した。

片脚が自由になると、バラードは椅子を自由に動かせるようになり、部屋の壁に押しつけた。残っている貫を自由になった足の踵で蹴りつけた。足がすっかり感覚を失っているせいで、その衝撃からくる痛みをほとんど感じなかった。

ようやく自由になると、バラードは床に座って足首と脚を擦《こす》り、感覚を戻そうとした。感覚が戻ってくると、刺すような激しい痛みが脈に合わせて襲ってきた。立ち上がって歩こうとしたが、足下が定まらず、床につんのめって転んだ。そこから這《は》いながら部屋を横切り、自分の服の山まで進む。

服は何ヵ所も切り刻まれてまったく利用できないものになっていた。その山のなかに携帯電話が埋もれていることを期待したが、車庫へ向かう際に寝室で充電していたことを思いだした。

この家のほかのどこかで電話と服を探す必要がある、とわかった。もう一度立ち上がろうとする。手を伸ばし、鏡が張られている壁を支えにして。鏡に血まみれの手形を残した。

もう一方の手でカーテンを引っ張ってあけ、カーテンの輪郭から漏れていた光がポーチの照明から来ているものだと知った。外は暗かった。夜中のようだった。それはトレントがヴァレー地区の交通量の少ない道路を行き来する時間がバラードの願っていたよりもかなり短いものになることを意味していると悟った瞬間、家が頭上からのやかましい振動に揺れた気がした。

車庫の扉がひらこうとしていた。

アドレナリンがバラードの体にドッと分泌された。まだ足取りは不安定ながらも、部屋を横切る。部屋のドアをあけ、細い廊下に足を踏みだした。上にあがる階段と床にあいている落とし戸を目にした。躊躇したが、バラードは鏡のある部屋に戻り、ドアを閉めた。自分がこの家のどこにいるかわかったが、いまいる部屋の先のレイアウトを知らなかった。引き戸を通って、外の階段をのぼることができるとわかっていた。そうすると丸裸で通りに出ることになる。他の家のドアをノックしてまわり、電話を借りて911に通報できるだろう。

だが、ベアトリスはどうなる？　市民を守り、仕えるのがバラードの警察官としての義務だ。もしトレントが前妻を拉致したのなら、バラードはベアトリスを救うのに間に合うよう助けをトレントの家まで向かわせられるだろうか？

頭上で扉がピシャリと閉められる音が聞こえた。トレントは室内に入っていた。

バラードはまわりを見まわした。椅子の脚から折って外した貫の一本に視線が落ちる。縦方向に割れていて、先端が尖っていた。バラードは急いで手を伸ばし、それを摑むと、親指で先端を試した。鋭く、皮膚を突き破れるだろう。握力と突く力の問題になるだろう。

バラードはあらたに見つけた武器を手にして、部屋のドアのうしろに移動した。だが、即座にそれがまずい計画だとわかった。両手両脚がまだ部分的に感覚を失っており、あちこち痛かった。いま手にしている武器は、接近したうえでの攻撃が必要だった。トレントははるかにでかく、はるかに力が強かった。不意を突ける利点はあるもののの、たとえ近づいてトレントの背中を刺したところで、彼を倒すのはありえそうになく、はるかに力が強い敵との接近戦をやるはめになるだろう。

重たい足取りが下の階へ近づいてくる音を耳にした。車庫からいちばん下の階まで階段は二本あると推測した。

バラードは壁に背中を押しつけ、自分が取りうる唯一の一連の行動に従う備えをした。だが、そのとき、あることを思いだし、カーテンに向かって部屋をよろよろと横切った。カーテンを勢いよく横に払い、引き戸のレールから木製の箒《ほうき》の柄を掴んだ。そののちドアのほうを振り向き、そちらに向かう途中でズタボロにされた衣服の山からブラジャーの残骸を掴んだ。

箒の柄を壁に寄りかからせる。ドアの蝶番《ちようつがい》のそばに置くと、急いで作業に取りかかった。階段を降りるトレントの足音は止まっており、彼がバラードの真上の床を動いているのが聞こえた。重たい足取りであり、たぶんベアトリスを運んでいるのだろう、と推測する。

ブラはシルクのカップと肩のストラップのあいだが切れていて、おそらくバラードの体からむしり取られたのだろう。背中のホックはまだ繋がっていた。バラードはすばやくその下着を右の腿《もも》に巻きつけて縛り、椅子でこしらえた間に合わせの木の短刀をそこに滑りこませ、肌に沿わせた。

いまやいちばん下の階に繋がる階段をトレントが降りてくる足音が聞こえた。まもなく部屋に入ってくるだろう。バラードは箒の柄を摑み、壁から離れ、ドアの死角に陣取った。そこなら箒を振るうための空間がまだあった。

ドアがあいた。最初にバラードが目にしたのは、裸足《はだし》の足で、トレントが意識を失っているベアトリスを運んできた。

「ハニー、帰ったよ──」

トレントは鏡張りの壁に付いた血まみれの手形を見て、立ち止まった。それから室内を見まわしはじめ、床にひっくり返っている空っぽの椅子とテーブルに目が止まった。ベアトリスのことをなんとも思わずに鬱陶しい重荷であるかのように床に落とし、ドアに向き直る動きをした。

バラードはトレントが自分の死角を確認することを考えなかったので、不意打ちできた。トレントはバラードがすでに逃げたと思っているようだった。トレントが体の向きを変えると、バラードは最初の一振りで、相手の顔の右側に箒の柄を水平に叩きこんだ。なにかがはじける音がし、バラードはトレントの頰骨が折れた音だと思った。

バラードはその一撃の衝撃がどれくらいのものか確認しようと待たなかった。箒の柄を引き戻し、二度目のスイングはもっと低いところを狙い、トレントの胴体を横殴りにし、肋骨にぶつけた。今回、インパクトの音は、もっと重く、サンドバッグを殴っているような音がした。トレントは痛そうな声を上げ、体をふたつに折った。バラードは再度箒の柄を振りかぶり、全力をこめて、トレントの頭頂部を横殴りにした。

箒の柄はその衝撃でふたつに折れた。摑まれていないほうの折れた部分が部屋を飛んでいき、鏡に当たった。だが、どうにかトレントは持ちこたえていた。両手で頭を押さえ、よろよろとうしろにたたらを踏んだ。ダウンしかけているボーッとしたファイターのようだったが、恢復し、体を起こしはじめた。

「このクソ女め！」トレントは叫んだ。

バラードは折れた箒の柄を下に落とし、トレントに体をぶつけ、相手を壁に叩きつけた。肩を相手に押しつけ、釘付《くぎづ》けにする。トレントがバラードに両腕をまわしてくると、バラードは手を伸ばし、即席のホルスターから短刀をグイッと抜いた。

バラードは短刀を強く握り締め、先端をトレントの腹に突き刺した。それからいったん腕を引き、木の短刀が刑務所内の手造りナイフであるかのように立て続けに三度腹を刺した。トレントは苦痛に悲鳴を上げ、バラードを離した。バラードはうしろに下がり、片腕を持ち上げ、短刀でもう一度相手を襲う用意をした。

トレントはバラードをじっと見ていた。口をポカンとあけ、驚きの表情を浮かべている。そののち、壁にもたれてズルズルと腰を落とし、座る姿勢になると、腹を押さえていようとした。血がトレントの指のあいだから流れでていた。

「助けてくれ」トレントはかすれた声で言った。

「あんたを助けるですって？」バラードは言った。「クソくらえ」

トレントを視野に収めておけるよう横向きに移動しながら、バラードはベアトリスの元へいき、しゃがみこんだ。ベアトリスの首に手を伸ばして、脈を確認する。ベアトリスは生きていたが、意識を失っていた。おそらくは彼女もケタミンを投与されているのだろう、とバラードは思った。チラッと下を見て、ベアトリスの顔の右側が腫れており、唇が切れているのを確認した。ベアトリスを相手にして、トレントはそう易々とことを運べなかったのだ。

トレントはいまや左側に体を傾けていた。両手は力を失って、ひざにダランと落ちている。すべての刺し傷から血が止めどなく流れていた。目はうつろで、彼は失血死しかけていた。間に合わせの短刀を構えたまま、バラードは近づき、トレントのズボンの血に染まったポケットを上から叩いて、携帯電話を探した。携帯電話はなかった。

バラードはトレントを押しやり、顔から先に倒した。トレントは喘《あえ》ぎを漏らしたが、それ以外の音は立てなかった。太ももに巻いていたブラをほどくと、それを使ってトレントの両手を後ろ手に縛った。トレントは死んでいるか死にかけているだろうと思っていたものの、隙を見せるつもりはなかった。

バラードは部屋を出て、階段をのぼり、電話と身につける服を探した。ベアトリスに助けを呼ぶのが優先事項だった。最上階までのぼっていき、キッチンに電話があることを期待した。

壁掛けの固定電話があった。バラードは911番をダイヤルした。

「こちらハリウッド分署のバラード刑事。警察官が救援を求めています。ライトウッド・ドライブ一〇〇〇の二。警察官が救援を求めています。倒れたひとりの容疑者と、倒れたひとりの被害者、それに負傷した警官がひとり」

バラードは電話を切らずに、受話器を床に落とした。自分の裸の体を見下ろす。両腕、両脚、左の臀部《でんぶ》に大量の血が飛び散っていた。その大半は自分の血だったが、一部はトレントの血が付着したものだった。キッチンから出て、次の階に降りていくつもりだった。そこにはトレントの寝室があり、服があるだろう。だが、廊下を移動していると、車庫に通じるドアがあいているのが目に入った。バラードのヴァンがそこに停められていた。

自分のヴァンでヴェンチュラからトレントに連れてこられたんだ、とバラードは悟った。バラードの死体をどこかに隠し、ヴァンを海岸沿いにずっと北にいったところに捨ててくるというのがトレントの計画の一部だった。トレント自身の車は祖母の家の近くにあり、ロサンジェルスに戻るまえにそれを拾いにいく計画だったのだろう、とバラードは推測した。

バラードは車庫に入り、ヴァンにロックがかかっていないことに気づいた。サイドドアをあけ、スペアタイヤの隣のフックにかけて置いておいたビーチ用の服に手を伸ばした。スエットパンツと黒いタンクトップを身につける。その上にスリック・スレッドのロゴが入っているナイロン製のジャケットをはおった。次にロック付きの箱をあけ、銃とバッジを手に取った。それらをジャケットのポケットに入れると、最初のサイレンが近づいてくるのが聞こえた。

すると、下の部屋からベアトリスの悲鳴が聞こえた。

バラードは急いで階段を下った。

「ベアトリス！」バラードは声をかけた。「だいじょうぶ！　もうだいじょうぶよ！」

バラードは部屋にたどり着いた。ベアトリスはまだ床から立ち上がっておらず、上体だけ起こしていた。両手を口元に持っていき、目を大きく見開いて、前夫の死体を見つめていた。バラードは両手を上げて、落ち着かせる仕草をした。

「あなたはもうだいじょうぶ、ベアトリス。もう安全なの。安全だから」

バラードはトレントのところにいき、首に手を伸ばして脈を確かめた。うしろでベアトリスがヒステリックに口をひらいた。

「ああ、神さま、ああ、神さま、こんなことは起こってはならない」

脈はなかった。バラードはベアトリスのほうを向き、膝をついた。

「彼は死んだわ」バラードは言った。「二度とあなたやほかのだれも傷つけはしない」

ベアトリスはバラードを強く抱き締めた。

「あいつはあたしを殺す気だった」ベアトリスは言った。「そう言ったの」

バラードはベアトリスを抱き返した。

「もうできないわ」バラードは言った。

28

ノース・ハリウッド分署のパトロール・チームが最初に到着し、次いで消防車一台、救急車二台が到着した。救急隊員たちはトレントの脈と瞳孔を調べ、生命徴候がないことを確認した。彼らはトレントを搬送しないという判断を下し、彼の遺体はこれからやってくるであろう検屍局《けんしきょく》とロス市警の捜査員たちに任せるため、その場に置いていった。

別のチームがベアトリス・ボープレの顔面と肋骨の表面的な負傷の処置をし、トレントが投与したケタミンの後遺症はないと判断した。それからバラードの手首と口の怪我の処置をしてくれた。手首をガーゼとテープで包んでくれたが、自殺未遂をした人間のように見えてしまうのだった。暴行犯に絞め技をかけられた際に首に負った傷を調べてくれたが、追加の怪我は見つからなかった。

バラードは女性の救急隊員に携帯電話で自分の怪我の写真を撮影し、写真を電子メールで送ってくれるよう頼んだ。また、臀部に付いた血の写真を撮ってもらうため、スエットパンツの側面を引き下ろした。そうすることで非常に嫌な気分になったが、トレントの血を自分の体から落とすべきではないとわかっていた。これは証拠なのだ。トレントの有罪を示す証拠ではない。なぜならもう裁判は開かれないから。だが、これからバラードが話す話を補強してくれるものになるだろう。

最初に現場に到着した刑事たちは、ノース・ハリウッド分署から来た。この事件は警察官の手による死亡が関わっていることから警官による武器使用調査課《フォース・インヴェスティゲーション・ディヴィジョン》に委ねられるのが明白ではあったが。手順に従って、地元分署の刑事のひとりが、初動報告書とともにＦＩＤに連絡し、バラードを隔離し、ボープレを車で市警本部ビルへ送り届けるよう指示を受けた。ボープレはＦＩＤの本部チームに聴取を受けることになる。

バラードは家から連れだされ、一台の車のなかに入れられた。ＦＩＤ現場チームが眠っているところを叩き起こされて集められるまで、その車のなかで一時間待たされた。待っているあいだに、ヴァレー地区に夜明けが訪れるのをバラードは見た。ノース・ハリウッド分署の刑事のひとりに携帯電話を借り、ヴェンチュラ市警に連絡して、祖母の安否確認を依頼した。半時間後、まだ車の後部座席で待っているあいだに、電話を貸してくれた刑事がドアをあけ、ヴェンチュラ市警から電話がかかってきて、祖母の無事が確認されたと報告があったことを伝えてくれた。

　ＦＩＤチームは四人の刑事とひとりの警部補、可動式司令所《ＭＣＰ》から成り立っていた。ＭＣＰは、作業スペースとコンピュータ、プリンター、ＴＶ画面、Ｗｉ－Ｆｉ、そしてカメラが備わっている取調室を持つ、要はトレイラーだった。

　警部補の名前はジョウゼフ・フェルツァーだった。バラードは、〈スパゴ〉事件と呼んでいる事件でフェルツァーと知り合った。バラードとジェンキンズが、ドヒニー・ドライブの外れにあるＨＶＣ――重要有権者《ハイ・ヴァリユー・コンスティチュエント》の家に入った窃盗犯と揉《も》めた出来事だった。フェルツァーはそのときの捜査では公正に振る舞った。もっとも、警官は悪事を働いていないと自動的に見なしがちな身びいきの人間ではけっしてなかったが。だが、そのときは、おもにジェンキンズが対象で、彼がバラードに襲いかかった泥棒をぶん殴ったことの捜査だった。今回、焦点はバラードひとりに絞られており、オリバスを告発しようとした経歴が、自分を市警にとっての排除の的にしていることをバラードはわかっていた。フェルツァーが真正直な人間かどうかを見極めるまで、ここでは非常に慎重に振る舞う必要があった。

　家に入るまえに四人の刑事が靴カバーと手袋をはめているあいだに、フェルツァーは覆面パトカーのドアをあけ、バラードをＭＣＰに招いた。取調室にテーブルを挟んで腰を下ろすまで、ふたりはしゃべらなかった。

「気分はどうだね、刑事？」フェルツァーが口火を切った。

「なにも感じていません」バラードは答えた。

それは正確な見積もりだった。バラードの全システムは、捕らえられているあいだのオーヴァードライブ状態から、そこから逃れ、祖母とボープレが無事であると判断できて、クルーズ・コントロール状態に移行してしまっていた。バラードはボーッとしていた。まるでだれかほかの人間が捜査をおこなっているのを眺めているかのようだった。

フェルツァーはうなずいた。

「気持ちはわかる」フェルツァーは言った。「まず、訊かなければならないのだが、武器は身につけているかね？」

「実際にはポケットに入れています」バラードは言った。「このスエットパンツにホルスターはつけられないので」

「まずはじめるまえにそれを押収する必要がある」

「ほんとに？　わたしはあいつを撃っていませんよ。刺したんです」

「決められた手順だ。その武器を渡してくれないか、頼む」

バラードはジャケットからキンバーを抜き取り、テーブル越しにフェルツァーに手渡した。フェルツァーはサム・セーフティを確認すると、証拠保管用のビニール袋に入れ、その上になにか書き記すと、床に置いていた茶色い紙袋のなかに入れた。

「予備の銃を持っているのかね？」フェルツァーは訊いた。

「いえ、予備はありません」バラードは答えた。

「オーケイ、では、はじめよう。これがどういうふうに進むのか、知っているはずだ、バラード刑事。だが、いずれにせよ、テープをまわすまえに話しておこう。きみにミランダ警告を読み上げ、きみは黙秘権を放棄することを拒むことになる。そののちわたしがライバーガー警告を与え、きみは起こったことを話す。きみの話をテープに録音したのち、われわれはあの家に入り、きみはわたしとわたしのチームに同道して、すべての説明をもう一度繰り返す。そこまではなにも問題ないかね？」

バラードはうなずいた。ライバーガー警告は、弁護士の同席なしに警察官に質問への回答を強いるため用いられるものだった。そうすることを拒絶したため罷免された警察官にちなんでその名があった。警察官に話すことを強いるが、当該警察官に対する刑事訴訟手続きにそれらの供述が利用されることを認めないという例外規定があった。

フェルツァーはビデオ装置を始動させ、両方の法的警告をおこなったのち、本題に入った。

「さて、最初からはじめよう」フェルツァーは言った。「バラード刑事、なにが起こり、なにがトーマス・トレントの死を導いたのか、きみの口から話してくれ」

「トレントはラモン・グチエレスという男娼《だんしょう》をハリウッドで拉致し、暴行を加えた事件の第一容疑者でした」バラードは言った。「トレントはどうにかしてわたしのヴェンチュラの住まいを見つけ、昨晩、わたしに知られることなくそこへ来ました。わたしが扉をあけて車庫でサーフボードの準備をしていると、トレントはわたしの背後に来て、わたしの頭にビニール袋を被せたんです。トレントはわたしを拉致し、薬を投与してこの場所に――彼の自宅に――連れてきました。トレントはわたしが意識を失っているあいだにわたしに性的暴行を加えたかもしれませんが、わたしにはわかりません。わたしは裸で意識を恢復し、椅子に縛りつけられていました。するとトレントはこれからもうひとりの被害者を拉致するつもりだと言い、その場所を離れるまえにふたたびわたしに薬を投与しました。わたしは彼が戻ってくるまえに意識を恢復し、どうにか自分を自由にできました。わたしがその家から脱出できないでいるうちに、トレントが二人目の被害者を連れて戻ってきました。その被害者の安全を懸念し、わたしは置き去りにされた部屋に留まったんです。わたしは引き戸のレールから外した箒の柄と、椅子の脚を壊してできた先端の鋭い木片で武装しました。トレントが二人目の被害者といっしょに入ってきたとき、わたしは彼との肉弾戦に及び、箒が折れるまで彼を数回殴りつけました。するとトレントは両腕をわたしの体にまわし、摑んでくることに成功したんです。トレントがわたしよりはるかに大きいことを知り、自分の生命の危険を感じ、わたしは木片で複数回、彼を刺しました。最終的にトレントはわたしを離し、床に倒れ、そのあとすぐに死にました」

フェルツァーはしばらくのあいだ黙っており、おそらくはショート・バージョンでも話のややこしさにショックを受けていた。

「オーケイ」ようやくフェルツァーは口をひらいた。「さて、いまの話をもっと詳細に調べていくつもりだ。グチエレスの事件からはじめよう。それについて話してくれ」

フェルツァーの細部をつついているが、問責するようではない質問を受けながら全部を説明するのに九十分かかった。ときどき、フェルツァーは矛盾しているように思える点を指摘したり、バラードの意思決定に疑念を表明したが、バラードは、すぐれた捜査員は、対象者に動揺や怒りすら誘発するよう企《たくら》まれた質問をするものだとわかっていた。反応を引きだす質問と呼ばれていた。だが、バラードは冷静を保ち、聴取のあいだずっと落ち着いて答えた。バラードの目指しているのは、たとえどれだけかかろうと、最終的に自分は自由の身になり、出ていけるようになるとわかっていたので、このフェーズをなにごともなく切り抜けることだった。永年、バラードは警察労組の新聞に載る数多くの指導記事を読んでおり、〝自分自身および他の被害者の安全が脅かされるのを懸念して〟のような鍵になる言葉や文言を繰り返し使うことを知っていた。そうすれば、トレントを殺したことが正当防衛ではなく、武器使用の市警方針に合致しないとFIDが判断するのが難しくなるとバラードはわかっていた。そうなれば、FIDは、バラードを処分するような動きをすべきではない、と地区検事局に勧めるだろう。

また、バラードは、結局、自分の言葉がトレントの家、自分のヴァン、ヴェンチュラの車庫で押収される物証と合致しているかどうかということになるともわかっていた。実際に起こったこととバラードが知っていることから逸脱することなく聴取を終えると、バラードはフェルツァーと彼のチームが把握することとなんの矛盾も生じないだろうと自信を持って、取調室を出た。

トレイラーから外に姿を現すと、バラードは事件現場が三重の輪《リング》になっているのを目にした。何台もの警察車両が、鑑識と検屍局のヴァンとともに通りに蝟集《いしゅう》していた。三台のTV局のヴァンがライトウッド・ドライブに張られた黄色いテープの外に並んでおり、上空には、報道ヘリが旋回していた。パートナーのジェンキンズが三重の輪のそばに立っているのもバラードは見た。ジェンキンズはうなずいて、拳を掲げた。バラードもおなじようにし、ふたりは六メートル離れたところで、拳をぶつけあう真似をした。

午前十時までにバラードはFIDチームとの現場検証を終えた。大半の時間は、いちばん下の階の部屋で費やされた。そこには両手をバラードのブラで後ろ手に縛られているトレントの死体がまだそのままにされていた。バラードは疲労に押し潰されそうになっているのを感じた。薬で意識を失わされていた時間を別にして、バラードは二十四時間以上ぶっつづけで起きていた。バラードはフェルツァーに気分がよくなく、いまにも倒れそうだと伝えた。フェルツァーは、帰宅するまえにきみはレイプ処置《トリートメント》センターにいって、意識を失っているあいだにトレントにレイプされたかどうか突き止め、証拠を採取しなければならない、と告げた。部下にバラードを送り届けさせる手配をしていたが、バラードは自分のパートナーに付き添いをしてもらってもかまわないだろうか、と訊いた。

フェルツァーは同意した。ふたりは明日の朝、フォローアップの聴取をする約束をし、ようやくＦＩＤの警部補はバラードを解放した。

立ち去りかけたところで、バラードが自分のヴァンについて訊ねると、押収して鑑識チームが調べることになっていると言われた。それは車が手元に戻ってくるまでに一週間かそれ以上かかるという意味だとバラードはわかっていた。車のなかの所持品を引き取れるかどうか訊いたところ、ふたたびノーと言われた。

家の外に足を踏みだすと、ジェンキンズが待ってくれているのが目に入った。ジェンキンズは同情心のこもった笑みをバラードに向けた。

「やあ、パートナー」ジェンキンズは言った。「だいじょうぶかい？」

「絶好調よ」正反対の意味でバラードは言った。「車に乗せてもらわないと」

「いいとも。どこへいく？」

「サンタモニカ。わたしたちの車はどこにあるの？」

「報道関係のヴァンのうしろに。駐車場所が見つからなかったんだ」

「記者のそばを通りたくないな。取りにいって、ここまでわたしを拾いにきてくれない？」

「了解だ、レネイ」

ジェンキンズは通りを歩いて下っていき、バラードは逆さまの家のまえで待った。フェルツァーの部下であるふたりの刑事がバラードのうしろの玄関ドアから出てきて、MCPに乗りこんだ。バラードの横を通り過ぎる際、ふたりは一言も声をかけなかった。

ジェンキンズはマルホランド・ドライブを通って、フリーウェイ405号線にたどり着いてから、南を目指した。いったん丘陵地帯を出ると、バラードは自分が無罪放免の知らせを受けるだろうとわかった。パートナーに携帯電話を貸してくれるよう頼む。任務への復帰を認められるまえに心理評価の面談を受けなければいけないだろう、とわかっていた。それをさっさと済ませたかった。行動科学課へ連絡を入れ、翌日の面談予約をした。フェルツァーとのフォローアップ聴取のあとになるよう調整する。

ジェンキンズに電話を返してから、バラードは車のドアに寄りかかり、眠った。西向き10号線を出る頃になってジェンキンズは手を伸ばし、バラードの肩を優しく叩いた。バラードは驚いて目を覚ました。

「もうすぐ着く」ジェンキンズは言った。

「わたしを降ろすだけでいい。そのあと帰って」バラードは言った。

「ほんとに？」

「ええ、ほんと。心配しないで。奥さんのところへ帰って」

「そういう気になれないな。きみを待っていたい」

「ジョン、いいから。わたしはこれを自分ひとりで乗り切りたいの。実際に起こったのかすら確信がない。仮に起こったとしてもわたしは意識を失っていて、けっして思いだせないでしょう。いまのところ、これをひとりで乗り切りたいの、いい？」

「わかった、わかった。その件を話し合う必要はない。だけど、もし話をしたいなら、おれはいつでも聞くよ。いいな？」

「わかった、パートナー。だけど、たぶん話さないわ」

「それもかまわない」

レイプ処置センター《RTC》は、十六番ストリートにあるサンタモニカ市／ＵＣＬＡ共立メディカル・センターの一部だった。バラードがレイプ証拠採取キットを手に入れるためにいける病院はほかにもあったが、ＲＴＣは、ロサンジェルス郡で最優秀の設備が整っているという評判があった。バラードはレイトショーのあいだ、そこにおおぜいのレイプ事件の被害者を連れていっていたので、満腔《まんこう》の同情とプロとしての真摯さに出会うだろうとわかっていた。

ジェンキンズは患者受付ドアのまえに車を停めた。

「この件について話す必要はないが、いずれトレントについておれに話してもらわねばならない」ジェンキンズは言った。

「心配しないで、話すから」バラードは言った。「FIDがどんな出方をするか見てみましょう。それから話をする。フェルツァーは〈スパゴ〉事件では公平だったと思ったでしょ？」

「ああ、中立にはほど遠かったな」

「フェルツァーの耳元で囁く十階のだれかがいないことを願いたいわ」

OCPとして知られている市警本部長室《オフィス・オブ・ザ・チーフ・オブ・ポリス》は、市警本部ビルの十階にあった。

バラードはドアをあけ、外に降りた。ジェンキンズを振り返る。

「ありがと、パートナー」バラードは言った。

「じゃあな、レネイ」ジェンキンズは言った。「気が向いたら連絡してくれ」

バラードは手を振って見送り、ジェンキンズは走り去った。バラードは施設のなかに入り、ジャケットからバッジを取りだすと、師長に会いたいと伝えた。マリオン・タトルという名の看護師が処置セクションからやってきて、ふたりは話をした。四十分後、バラードは処置室にいた。血が臀部から拭き取られ、コットンで拭い取ったサンプルが証拠用広口壜に入れられた。

払拭検査は、屈辱的で侵入的な体の検査中におこなわれた。それからタトルは、精液のなかに見つかるタンパク質の存在を突き止める試薬を用いて、払拭採取されたもののなかの精液を調べる予備検査をおこなった。そのあとさらに侵入的な肛門《こうもん》と膣《ちつ》の検査がおこなわれた。ようやく検査が終わると、タトルはバラードにスモックで体を覆わせ、検査室の医療廃棄物容器に手術用手袋を捨てた。タトルはそれからクリップボードに挟んだ記入用紙にチェックを入れていき、見つかったものを報告する用意を整えた。

バラードは目をつむった。屈辱を覚えていた。汗がべとつくのを感じた。シャワーを浴びたかった。何時間も縛られ、汗をかいていて、闘争／逃走パニックにアドレナリンの分泌を強いられ、自分より二倍体重がある男と戦ったのだ。レイプされた可能性のあるあとで。確かに答えを知りたかったが、同時にこういうことがすべて終わってほしかった。

「さて……」タトルは言った。「泳いでいるものはなかった」

それが精液がなかったという意味だとバラードは知っていた。

「払拭採取されたものをコンドーム使用を示すシリコンやほかの物質の検査に出しま

す」タトルは言った。「いくつか傷がありました。この事件のまえにあなたが最後に性交渉をしたのはいつ？」

バラードはロブ・コンプトンと、おたがいに共有したあまり優しくない逢瀬《おうせ》のことを思い浮かべた。

「土曜日の朝」バラードは言った。

「彼は大きかった？」タトルは訊いた。「乱暴だった？」

看護師は感情を交えず、なんらかの判断の色も見せずにその質問をした。

「あー、両方とも」バラードは言った。「ある意味で」

「オーケイ。で、そのまえに最後に性交渉を持ったのはいつ？」タトルは訊いた。

ライフガードのアーロンだ。

「少しまえ」バラードは言った。「少なくとも一ヵ月は経っている」

タトルはうなずいた。バラードは視線を避けた。いったいこれはいつ終わるのだろう？

「オーケイ、では、傷は土曜日の朝にできたものである可能性がある」タトルは言った。「あなたはしばらくセックスをしていなかったわね。あなたの組織は柔らかい。そして相手は大きく、あまり優しくなかった」

「要するに、わたしがレイプされたかどうか判断はできない、ということね」バラードは結論を言った。

「内部あるいは外部にも決定的な証拠はない。陰毛採取検査でもなにも出てきていない。あなたは櫛《くし》で採取できるほど体毛が多くないから。要するに、わたしは法廷に出て宣誓下で証言はできないということ。でも、この場合、そういうのは問題じゃないとわかっている。あなたにとって重要なの。あなたは知る必要がある」

「そのとおり」

「ごめんなさい、レネイ。わたしは確かなことをあなたに言えません。だけど、あなたが話をして、あなたが答えの出ないことに折り合いをつけるのに手を貸してくれる人をここで紹介できます。その女性は、この問題からあなたが先へ進むために手を貸してくれるかもしれません」

バラードはうなずいた。翌日、行動科学課でおこなわれるであろう心理検査で、おなじテリトリーをカバーできるだろうと、わかっていた。

「その申し出をありがたく思います」バラードは言った。「ほんとうにそう思っていますし、考えてみます。でも、いま、わたしにいちばん必要だと思っているのは、足の便なの。カー・サービスに電話するか、タクシー券を切ってもらえないかしら？

わたしの財布と携帯電話はヴェンチュラにあるの。そこへいかなきゃならないけど、わたしには車がない」

タトルは手を伸ばし、バラードの肩を軽く叩いた。

「もちろん」タトルは言った。「その手配はできます」

29

バラードは午後四時までにヴェンチュラの祖母の家にたどり着いた。寝室から財布を回収すると、海岸線を北にのぼり、ここまで連れてきてくれた運転手にクレジットカードで支払った。移動中、喋ることなく、窓にもたれて夢も見ない眠りに陥った自分を放っておいてくれた運転手にたっぷりチップを払った。家のなかに入ると、ドアに鍵をかけ、トゥトゥを長く抱き締め、自分は元気であり、なにもかもうまくいくと言って祖母を安心させた。昨晩言った通りに、トゥトゥは、皿洗いが済むとベッドに向かったのだった。バラードが車庫から拉致されているあいだ、祖母はずっと眠っており、警察が身の安全確認のためやってきて、はじめてそのことを知ったのだった。

それからバラードは飼い犬を抱き締め、今回はローラの冷静でストイックな存在感に安心させられたのは自分のほうだった。ようやく玄関そばにあるバスルームに入った。シャワー・ブースの床に座りこみ、家の給湯タンクのお湯が空になるまでスプレーを体に浴びせつづけた。

　水が肩を刺し、頭皮に染みこんでくると、バラードは過去二十四時間に起こったことと、わが身になにが起こったのか正確に知ることはけっしてないであろう事実と折り合いをつけようとした。それよりもなによりも自分が人殺しであるという事実をはじめてじっくり考えた。それが正当化されるかどうかはどうでもよく、バラードはいまや他人の命を奪うことがどんなことかを知っている集団の一員になったのだった。ポリス・アカデミーに入学した初日から、いつかはほかの人間を殺すため自分の武器を使うかもしれない、とわかっていたものの、実際には頭で考えていたのとは異なっていた。これはけっしてまえもって覚悟できるようなものではなかった。たとえどれほど繰り返し捜査員たちに話したとしても、バラードは被害者として人を殺したのであり、警官として殺したのではなかった。彼女の心はトレントと戦っていたあの瞬間を何度もフラッシュバックした。刑務所内の、手造りナイフを持った暗殺者のように、トレントに向かっていったときのことを。

　バラードの心のなかには、自分が持っていたとは知らなかったあるものがあった。なにか暗いもの。なにかおぞましいものだ。

　バラードはトレントには一ミクロンも同情する心はなかった。それでも錯綜《さくそう》する感情に悩まされた。バラードは、まちがいなく殺すか殺されるかの状況を生き延びた。そう思うと、人生に前向きな多幸感がこみあげてきた。だが、その浮き浮きした気持ちは、数々の疑問が心に浮かび上がってきて、短命に終わり、自分はやり過ぎたのではないだろうかという気がしてならなかった。心のなかの法廷では、わたしは自分自身と他の人間に危険が及ぶと考えましたというような合法的判断基準はなんの意味も持っていなかった。それはなにかの証拠ではなかった。陪審は、有罪を認めている心の境界の外ではけっして共有されることのない証拠に基づいて評決を下す。内心、バラードは、たとえ邪悪さの大きさと中身がどんなものであれ、トーマス・トレントはまだ生きているべきだとわかっていた。

　トレントの死について考えると、答えられることのなかった疑問が浮かんできた――どうやってトレントはバラードが警官だとわかったのだろう？　どうやってヴェンチュラでバラードを見つけたのか？　結局、トレントはベアトリス・ボープレと敵対していたという事実は、ボープレが情報源ではなかったことをバラードに告げていた。バラードはもう一度振り返ってみた。思いだせるかぎり、自動車販売店でのトレントとの会話や、試乗中の会話、ヴェンチュラに向かっていたときの電話での会話を。自分が法執行機関職員であることを明らかにするような発言は、いっさい思いだされなかった。トレントから苦痛反応を引き出すためにやった堅い握手でバレたのだろうか。そんなにわかりやすかったのか？　あるいは、そのあとで手の傷について訊いたせいだろうか？

　すると、ヴァンに思いがいたった。トレントはバラードが自動車販売店に入ってきたとき、彼女のヴァンを目にしていた。なんらかの方法で、ナンバープレートを検索し、バラードの正体とヴェンチュラの家の住所を手に入れられたとしたら？　トレントは自動車販売店に勤務していた。そこは車両局とのやりとりが一日に何十回とおこなわれている場所だ。もしかしたらトレントは情報源を持っていたのかもしれない。新しいナンバープレートを登録し、既存のナンバープレートの登録内容にアクセスできる友好的な車両局職員とか？　拉致されている際に、トレントはバラードの日焼けのあとや民族的な出自について話していて、バラードがはじめて販売店を訪れたときにもう惹かれていたことを明らかにしていた。ひょっとしたら、トレントはバラードが自分を的にしている警官だったからではなく、彼にとってバラード自身が格好の的だからストーキングをはじめていたのかもしれない、とバラードは思い当たった。

　とはいえ、トレントが死んでいる事実がまたしても壁になった。バラードは自分の疑問への回答をけっして手に入れられないかもしれなかった。

体が寒さに震えはじめるまで、バラードはシャワーがだんだん冷たくなってきたのに気づかなかった。そうなってやっと立ち上がり、バスルームを出た。

ローラがバスルームのドアのところに神妙に座っていた。

「おいで、お嬢ちゃん」

バラードは、大きな白いバスタオルを体に巻いて、裸足で自分の部屋まで廊下をテクテクと歩いていった。寝室のドアを閉めると、昨晩、車庫ではじめた洗濯をトゥトゥが最後まで済ませてくれていたのに気づいた。祖母は洗濯物を綺麗に畳んでベッドの上に置いてくれており、バラードは洗い立ての清潔な服に着替えられるという思いで喜びすぎるくらい喜んだ。

バラードはブラと下着をつけた。だが、それ以上着替えるまえに、ベッドサイド・テーブルで充電していた携帯電話を確認した。携帯はそこに置いたままになっていた。画面は、十一件の新しいボイスメールが入っている、と告げた。バラードはベッドに腰を下ろし、一件ずつ再生しはじめた。

最初の二件は、ジェンキンズからで、事件現場で合流するまえに残されたものだった。警察官が関与した死亡事件の捜査がライトウッド・ドライブでおこなわれるという情報を摑んで、バラードが無事かどうか知りたがっていた。二件目のメッセージは、事件現場にバラードを探しにいくと知らせるものだった。

次のメッセージはバラードがいまも連絡を取り合っているポリス・アカデミー時代のクラスメートからだった。ローズ・バッチョは、スタジオ・シティで捜査中の警察官関与死亡事件の中心にバラードがいると、警察官仲間の情報ルートで耳にしていた。

「ボールズ！」バッチョはバラードのアカデミー時代のあだ名を使った（Ｂａｌｌｓは、Ballardのスペルから来たあだ名）。「あんたが無事だと聞いて、神に感謝する。電話して。話をしないと」

四番目のメッセージも同様だった。強盗殺人課のコーリー・ステッドマンから届いたものだった。バラードの無事を願っているもうひとりの友人だ。

五番目にかけてきたのは、ロブ・コンプトンだった。保護観察官であり、ときどき恋人である相手。彼は明らかにバラードの身に起こっていたことに気づいておらず、バラードの拉致やトーマス・トレントの殺害について、かけてきたのではなかった。

「やあ、レネイ、ロビーだ。聞いてくれ、ホットな情報を掴んだ。おれたちの坊やネトルズから押収した盗まれたグロックに関して、ＡＴＦの捜査官から連絡があった。折り返し電話してくれ、いいな？」

コンプトンが話しているのがなんのことか把握するのに一瞬間があいた。過去一日の出来事があまりに激しくて、ほかの事件や記憶が頭のなかからすっかり追いだされてしまっていた。すると思いだした。クリストファー・ネトルズ、ごまんと余罪のある単独犯。コンプトンはネトルズと彼が泊まっていたシエスタ・ヴィレッジ・モーテルの部屋で押収した盗難武器と思われるもの三挺《ちょう》をATFで調べてもらうよう要請を出していた。

事件に取り組める正常な精神状態に戻ったらすぐにコンプトンに連絡すること、とバラードは心のなかにメモした。ネトルズ窃盗事件に向かうのは、現在の状況からの歓迎すべき気分転換になるだろう、と思った。

次のメッセージは直属の上司であるマカダムズ警部補からのものだった。まず、バラードが試練のあと、それなりにだいじょうぶな状態にあると聞いてホッとした、と告げることからメッセージははじまっていた。それを言ってから、マカダムズは、上のほうから降ってきた命令として、警察官関与死亡事件の捜査が進行中は、バラードは負担の軽い任務に就くことになる、と読み上げた。

「ゆえにわたしはスケジュールを調整し、ジェンキンズとペアを組む人間を調達する」命令を読み上げてから、マカダムズは次のように締めくくった。「FIDの調査が終わって、行動科学課から万事問題ないという証明をもらうまで、きみは昼勤の補欠だ。ルーティンの仕事だけにする。この命令を受け取り、理解した旨、折り返し電話するか、電子メールを送ってくれ。以上だ、レネイ」

次の二件のメッセージは、市警内の人間からのお見舞いだった。そのうち一件は、重大犯罪課のロジャーズ・カーからだった。

「こちらはカーだ。わー、いま聞いたばかりだよ。きみがだいじょうぶでよかった、元気でよかった、あの大悪党をこの世から消し去ってくれてよかった。なにか必要なら、いつでも連絡してくれ」

バラードは再生したメッセージを削除したが、カーからの録音だけは残しておいた。もう一度聞きたいかもしれないと思ったのだ。特に大悪党をこの世から消し去ったという部分を。そのメッセージは、次に心のなかの陪審が評議をはじめ、有罪評決に傾いたときに聞いて安心させてくれるかもしれない、と思った。

次のメッセージも残しておくものだった。ベアトリス・ボープレからのものだった。ほんの一時間まえに残したボイスメールで、ボープレは泣いていた。

「やっと解放してくれた。山のように質問したと思ったら、それをもう一度繰り返すのよ。とにかく、バラード刑事、あたしは彼らにほんとうのことを話したから。あなたがあたしの命を救ってくれた。あなたはあたしたちふたりの命を救ってくれた。知ってるでしょ、あいつはあたしを殺す気だった。あたしに注射を打つとき、そう言ったの。本気だと思った。ところが、あそこにあなたがいてあたしを助けてくれた。あなたはとてもすごかった。あいつと戦って、上回った。あたしは彼らに言ってやった。見たことを話した。ありがとう、バラード刑事。ほんとうにありがとう」

ベアトリスが電話を切るとき、声がすすり泣きに変わって、語尾が怪しくなっていた。そのメッセージは、感動的だったものの、バラードを躊躇させた。ベアトリスがトレントとの戦いを見ていなかったのをバラードは知っていた。ベアトリスは意識を失っていた。いまのメッセージは、彼女がFIDの捜査員たちに見ていないものを見たと話したことを示唆していた。ベアトリスは、FIDがなんらかの形でバラードのミスを見つけようとし、まちがった殺人であったことに変えようとしているのに勘づいたのだろうか？　バラードはここで注意をしなければならなかった。そうした懸念を問うためにボープレに電話をかけ直せなかった。そうすれば、FIDに証人抱き込みとして見なされかねなかった。内務監査を操作しようとするのは、罷免に値する違反行為だった。バラードはチャンスが到来するのを待ち、用心しなければならなかった。ベアトリスからの電話は、いい注意喚起だった。

バラードの懸念は最後の二件のメッセージを受け取ったときに充分な根拠を持つよ

うに思えた。二件のうちのひとつめは、ＦＩＤのフェルツァー警部補からだった。フォローアップの聴取のための約束を一時間前倒ししたいという要望だった。事件現場捜査が完了し、すべての初動聴取も終えた、とフェルツァーは言った。

「きみと腰を据えて矛盾点を解決する必要がある」フェルツァーは言った。「ＦＩＤのオフィスに明日の朝、そうだな、八時に来てくれないかね。できるだけ早くこの件からきみを解放するつもりだ」

バラードが最初に脳裏に浮かべたのは、組合の代理人に同行してもらってＦＩＤとの面談を受けるべきかどうかという考えだった。フェルツァーの声に敵対的な口調を感じ取り、そこにベアトリスのメッセージが加わると、バラードはフェルツァーの言う矛盾点への懸念がますます強まった。ふと心に浮かぶ思いがあった。弁護代理人として選ぶならケン・チャステインだったはずだ。彼は賢かった。彼の分析力の強さは、自分に対しておこなわれている動きを読み解く力になってくれただろうに。彼らの質問に対する回答を用意するのに完璧な助力をしてくれたはずだった。

だが、チャステインはバラードを裏切り、いまは亡くなってしまっていた。安心して隣に座ってくれるよう頼める相手がだれもいなかった。親しい者はおらず、賢明な者もおらず、ずる賢い者もいなかった。ジェンキンズではだめだった。ステッドマンでもだめだ。バラードはこれに立ち向かうのにひとりきりだった。

その結論だけでも充分憂鬱なのに、携帯電話に入っていた最後のメッセージはまさに心胆を寒からしめるものだった。シャワーを浴びていた三十分以内にかかってきたものだった。発信者はジェリー・キャスターと名乗るロサンジェルス・タイムズの記者だった。バラードはキャスターと直接話をしたことは一度もなかったが、どういう記者かは知っていた。さまざまな事件現場や記者会見でキャスターを見かけたことがあった。とりわけ、バラードが強盗殺人課に所属していたころに。

タイムズのロス市警関連記事を永年読んでいると、さまざまな記者たちの人脈を見通せるようになった。個々の記事の内容から、仮に名前が表に出されておらずとも、その背後に情報源があることがしばしば明らかになった。キャスターは、そういうことを注意深く読み取っている市警の人間にとって、レベル8の記者と見なされていた。これは、市警本部ビルの構造から来る言い方だった。建物は十階建てで、幹部と管理職員はおもに八階から十階に勤めており、市警本部長が最上階にいた。

キャスターは七階以下よりも上の三階に深く食いこんでいる記者と思われていた。ヒラの警官にとって、ほかの記者よりもキャスターを相手にしたほうが自分のキャリアを棒にふる危険性があった。それもまたバラードが意図的にキャスターを避けつづけてきた理由だった。

「バラード刑事、タイムズのジェリー・キャスターです」キャスターのメッセージがはじまった。「お目にかかったことはありませんが、ぼくは警察を担当しており、目下、トーマス・トレントの死に関する記事を書いているところです。そのことについて、きょう、あなたのお話を聞かせていただかねばなりません。主となる質問は、トレント氏が被った致命傷に関するものです。ぼくの理解では、彼は武器を持っておらず、いかなる犯罪の容疑もかけられていなかったにもかかわらず、複数回刺されることになりました。あなたがどうやってそれが殺傷力のある武器の正当使用と判断されるのかについてコメントしていただけるかどうか、知りたいのです。ぼくの最初の締め切りは今夜八時です。ですので、それまでにご連絡いただけることを期待しています。もし連絡がない場合は、あなたの側の見解を求めたが、回答は得られなかった旨を記事に反映させていただきます」

キャスターはあいさつのあと編集部の直通番号を吹きこんで、電話を切った。

腹にパンチを食らったかのような気持ちになったのは、記者が殺傷力のある武器の使用という言い方でバラードを非難したからではなかった。ポリス・アカデミーでは、武器を使用する必要が生じた際に一回発砲せよという教え方はしない。もし殺傷力のある武器を使用する権限が与えられているなら、その職務を遂行するために必要とする限り何度でも殺傷力のある武器を使用しろと教えられるのだ。法的にも市警としても、バラードがトレントを四回刺そうが、一回だけだろうが、問題ではなかった。バラードに衝撃を与えたのは、市警のなかのだれかが、新聞記者に犯人殺害の詳細を伝え、無知な公共の場へ押しだしたことだった。何者かが事件の詳細を伝えることで、論議と中傷が起こるのをわかったうえで、キャスターに連絡したのだ。

バラードは市警から切り離され、ひとりきりになった気がした。

寝室のドアにノックの音がした。

「レネイ？」

「いま着替えているところ。すぐに出ていく」

「ハニー、今夜は魚料理をするの。オーストラリアから届いた新鮮なバラムンダを手に入れたの。おまえはきょう泊まれるよね」

「トゥトゥ、言ったでしょ、新鮮だと魚屋が言うから新鮮だということにはならないって。ドライアイスに詰められ、はるばるオーストラリアから航空便なり船便なりで届いたものがどうして新鮮なの？　新鮮なものに拘《こだわ》るなら、湾で捕れたオヒョウにしなさい」

沈黙が返ってきた。バラードはいま抱えているフラストレーションを祖母にぶつけてしまった自分が情けなくなった。急いで着替えはじめる。

「それって、泊まりたくないということかしらね？」トゥトゥがドア越しに訊いた。

「ほんとにごめん。だけど、今夜は仕事なんだ。それにあしたの朝早く、呼ばれている」バラードは言った。「レンタカーを借りて、すぐに出かけないといけないの」

「ああ、おまえはあんなひどい目に遭ったというのに。一晩くらい休みが取れないのかい？」トゥトゥは訊いた。「なにかほかのものを料理するよ」

バラードはブラウスのボタンを留め終えた。

「魚のことじゃないの」バラードは言った。「魚を料理して、トゥトゥ。だけど、わたしは泊まれない。ごめんね。あと二日ほどローラをここに預けてかまわない？」

バラードはドアをあけた。小柄な祖母はそこに立っており、顔に心配な表情をはっきり浮かべていた。

「ローラはいつでも歓迎だよ」祖母は言った。「あの子はわたしの相棒だもの。だけど、あの子は飼い主にここにいてほしいと思っている」

バラードは手を伸ばし、祖母をハグした。脆《もろ》そうな祖母の体に注意してそっと抱き締める。

「すぐにそうする」バラードは言った。「約束する」

バラードは祖母に嘘をつくのがいやだったが、完全かつ正直な説明はあまりにややこしかった。ロサンジェルスに戻らなければならなかった。翌朝、フェルツァーとの面談があり、そのあと心理検査があるだけではなく、ヴェンチュラにいてはこの戦いを戦えないとわかっていた。立ち向かうには、爆心地にたどり着かねばならなかった。

30

大半の人々はLAから出ようとしていた。バラードは市内へ入ろうとしていた。レンタルしたフォード・トーラスのエンジンを着実に吹かし、フリーウェイ101号線のラッシュアワーの渋滞を縫ってダウンタウンへ向かっていた。何マイルもあまりにもゆっくりとしか進まなかったので、ロサンジェルス・タイムズの八時の締め切りを逃しかねないと不安になった。市警のなかでこちらを排除する動きを示している連中を出し抜かせてくれるであろうと信じる計画をバラードは立案していた。

マスコミと法執行機関のあいだにあるあいまいな境界の折り合いの付け方に関して、バラードはふたつのことを知っていた。両者のあいだに協力関係はほとんどなく、ましてや信頼関係はもっと少なかった。そのあいまいな境界を渡る選択をした者たちは、リスクに対する警戒をしていた。今回、バラードがみずからの目的のため利用しようとしているのはそうした習慣だった。

市警本部ビルとタイムズ・ビルディングは、ファースト・ストリートに隣り合って建っており、あいだを分かっているのはスプリング・ストリートだけだった。ふたつの巨大な官僚機構が、おたがいを色眼鏡で見ているが、ときどきおたがいを必要とすることが確かにあった。バラードはようやくそこに七時二十分に到着すると、新聞社ビルのうしろにあるバカ高い料金の駐車場に車を停めた。洗濯した衣服をいくらか入れたショルダーバッグを持って、スプリング・ストリートのコーヒーショップに歩いていった。その店のコーナー・ウインドーから、新聞社と警察ビルをわけている道路が一ブロック分見渡せた。

コーナー・ウインドーに面したカウンターにコーヒーカップを持って腰を据えると、バラードは携帯電話を取りだし、編集部の直通番号にかけて、ジェリー・キャスターを呼んだ。

「こちらはレネイ・バラード」

「ああ！　えーっと、ハーイ、電話してくれて嬉しいよ。てっきり――きみのコメントを記事に反映させる時間はまだ残っている」

「わたしはあなたになんらかのコメントをするつもりはありません。この会話はオフレコよ」

「まあ、記事に書くことでなんらかの反応を期待していたんだ。その内容は――」

「反応はしないし、コメントをするつもりもないし、あなたが自分の記事でなにを書こうと気にしない。もしこの会話をオフレコにすることに同意しないなら、もう切るから」

長い沈黙があった。

「あー、オーケイ、オフレコにしよう」キャスターがようやく言った。「少なくともいまのところは。なぜ自分の側の意見を記事に入れたくないのか、ぼくにはわからないんだが」

「この会話を録音している？」バラードは訊いた。

「いや、録音していない」

「まあ、あなたに教えてあげるけど、わたしは録音している。この電話の最初から録音している。それはかまわない？」

「まあね。でも、理由がわからないんだ、きみがなぜ――」

「いまから数分経ったら、あなたもわかるでしょう。で、録音してかまわないのね、イエス？」

「あー、イエスだ」

「オーケイ、けっこう。キャスターさん、わたしがあなたに電話をしているのは、あなたの情報が間違っているから。あなたは自分のロス市警の情報源に操られ、間違っているだけでなく、わたしやほかの人たちに害を及ぼす意図で作られた話をおおやけにしようとしている」

「害を？　どうしてそうなるのかな？」

「もしあなたが自分の新聞に嘘を書けば、それはわたしに害を及ぼす。あなたは情報源のところに戻り、彼らの動機を調べ、彼らに真実を求めなきゃならない」

「きみがトーマス・トレントを複数回刺したのではない、と言ってるのかい？　きみの供述は、もうひとりの被害者の供述と矛盾していなかったと？」

ふたつ目の問いはあらたな情報であり、バラードの役に立つものになってくれるだろう。

「あなたが嘘をつかれたとわたしは言っており、この会話をテープに録音している」バラードは言った。「もしその記事を、嘘と、文脈を外れた供述をそのままに載せた場合、直接はっきりと警告しているこの録音があなたの編集長とほかのマスコミ機関に届けられ、報道関係のコミュニティとあなたの仕事場で、あなたがどんな種類の記者であり、タイムズがどんな種類の新聞なのかが明らかになってしまうでしょう。おやすみなさい、キャスターさん」

「待った！」キャスターは叫んだ。

バラードは電話を切り、待った。タイムズのスプリング・ストリートにある従業員出入り口から目を離さないようにして。

バラードは事実と、仮説と、推測に基づいて動いていた。事実は、警察職員の調査の詳細をおおやけに明らかにすることは法律とロス市警の方針に反する行為だということだ。バラードは、けさ、職務中にひとりの男を殺害した。それはニュースであり、市警は公共に知らせる義務に縛られていた。それは全関係者が同意したプレスリリースの形で公表された。バラードとフェルツァーは、けさ、司令所にいたときに三段からなる声明文を書いた。だが、バラードは殺害やその後の捜査の細部を公表することに同意はしていなかった。キャスターはあきらかにプレスリリースの内容を超えた詳細を摑んでいた。それは法律と市警の方針に違反して詳細を伝えた情報源をキャスターが持っていることを意味していた。

バラードの仮説は、キャスターの情報源は、頭がよく、抜け目なく、自分を危うい立場にけっして置かないであろうというものだった。自分が知らずに録音されたり、他人に盗み聞きされたりする可能性のある電話で、警察職員の捜査の詳細を明かすようなことはけっしてしないだろう。新聞社に情報を漏らす動機がなんであれ、実際の漏洩《ろうえい》は秘密裏におこなわれ、電話や新聞社のオフィスやロス市警のような場所で発生するものではないだろう。

そのことがひとつの推測に結びついた。バラードはキャスターにいましがた速球を投じた。キャスターはパニックにかられ、記事を救うため、情報源のもとに比喩的に駆けていくだろう、とバラードは推測した。キャスターは、バラードがたったいま言ったことを情報源に伝える必要がある。もし電話で話をしないという基本原則があるなら、キャスターはタイムズ・ビルからいますぐにでも歩いてでて、情報源との打ち合わせに出かけるだろう。

バラードの唯一の心配は、新聞記者と情報源との秘密の打ち合わせ場所が、自分がいま座っているまさにこのコーヒーショップであるかもしれない点だった。タイムズ・ビルから記者が出てきて、市警本部ビルからロス市警の職員が出てきて、双方の働き場所から等距離にあるコーヒーショップで落ち合うというのは完璧に合理的だった。注文の列に並んだり、注文したあとでカウンターで待っていたり、砂糖とクリームのスタンドで言葉や書類を交換することができる。

バラードは、タイムズ・ビルのドアから出てきたひとりの男を半ブロック目で追い、男が北に向かって、離れていくのを捕らえた。あの男は外れだなと判断すると、バラードの視線はビルのドアに戻り、ちょうどそのとき、本物のジェリー・キャスターが姿を現した。キャスターはスプリング・ストリートの反対側からコーヒーショップのまえを通り過ぎて、南へ曲がった。バラードは買ったものの、口をつけてすらいないコーヒーを捨てた。歩道に歩みでて、南を目指し、通りの反対側からキャスターのあとを追った。

ＬＡのダウンタウンで夜に徒歩でだれかを尾行するのは、成功するのが困難な時期があった。九時から五時までの勤務時間が終わると歩行者が少なくなるためだった。だが、この地区は、近年賑《にぎ》わいはじめていた。おおぜいの若い職業人たちが、殺人的渋滞の苦悩を避け、働いている地域に住もうと決めていた。ほどなくしてレストランや夜の生活の場があとにつづいた。午後八時近い今夜も、バラードは、自分とキャスターのあいだにほかの歩行者を置いて歩くことになんの支障もなかった。新聞記者は尾行の可能性を考えているようには見えなかったとはいえ。彼は一度も背後を振り向かなかった。一度も店の板ガラス窓に映る反射にたくみに目を走らせることがなかった。早足で意図を持って歩いていた。使命を抱えている男のように。あるいは締め切りに追われている男のように。

キャスターは南に四ブロック分バラードを先導し、フィフス・ストリートの角にたどり着くと、右に曲がって、あいているドアの向こうに姿を消した。それは尾行をまこうとする意図でおこなわれたのだろうかとバラードは思ったが、追いついてみると、その店が〈ラスト・ブックストア〉であると告げているネオンサインを目にした。

用心しながらバラードは店内に入り、元は銀行の大ロビーだったと思《おぼ》しきスペースに巨大な書店が入っているのに気づいた。装飾を施された二階の格天井《ごうてんじょう》まで伸びているコリント式の円柱のあいだに角度の付いた自立式本棚が並んでいた。ひとつの壁には、書籍が波を作っている彫刻が飾られていた。小さな美術品店や中古レコード店が並んでいるバルコニーから、一階のメインフロアが見渡せた。そこは客で混み合っていた。バラードはこんな場所があるのを知らず、ここを見つけた昂奮に獲物のことを忘れそうになった。

古典専用の書棚を一時的な隠《かく》れ蓑《みの》にして、バラードは書店の一階に目を走らせ、キャスターを探そうとした。新聞記者は見えるところにはいなかったが、書棚や円柱や視野を塞ぐほかの障害物のせいで、このスペースのすべての角を見るのは不可能だった。

バラードはドアの近くの精算カウンターに向かって歩いている、シャツに名札を付けた男性を目にした。

「すみません」バラードは声をかけた。「どうやったら上の階にいけます?」

「すぐご案内します」男性は言った。

男性はバラードの視界には入っていなかったアルコーブへ彼女を案内し、階段を指さした。バラードは礼を言うと、足早に階段をのぼった。

上の階のバルコニーから下の書店をもっと広く見ることができた。直角に置かれた書棚で構成された読書用のアルコーブがいくつもあり、プライバシーを確保できるそれぞれの場所に古い革張りの椅子やカウチが備わっていた。秘密の打ち合わせには理想的な場所だった。

バラードは全体に二度目を走らせ、やっとキャスターが自分のいるほぼ真下のアルコーブにいるのを見つけた。キャスターはカウチの端に座って、身をのりだし、活発だが静かな会話を別の男と交わしていた。少し経ってから、別の男は顔を横に向け、バラードはその顔をはっきりと見ることができた。

フェルツァー警部補だった。

バラードはフェルツァーの裏切りにもっと激怒すべきか、それとも漏洩源がだれであるか知り、それになにか手を打てることに歓喜すべきか、わからなかった。

　バラードは携帯電話を取りだし、下でおこなわれている打ち合わせの写真を何枚かこっそり撮影した。ある時点で、キャスターが急いでいるかのように立ち上がり、フェルツァーを見下ろしたところから動画撮影に切り換えた。キャスターは、両手を素っ気ない態度で振ると、アルコーブを出て、店のメインフロアを横切った。バラードはカメラを動かしつづけ、新聞記者が入ってくるのに使ったドアから店を出ていくまで追った。

　バラードがカメラを戻し、フェルツァーが座っていたアルコーブに向けると、彼は姿を消していた。バラードは携帯電話を下ろし、できるかぎり店内に目を走らせた。フェルツァーのいる気配はなかった。

　突然、バラードはフェルツァーに見られ、彼がいまにも二階に上がってくるのではないかと不安にかられた。階段のほうを見たが、上がってくるものはだれもいなかった。バラードは安全だった。フェルツァーは、本棚の迷路を抜ける別のルートをたどって、ドアを出て、店からいなくなったにちがいなかった。

　バラードはメインフロアに降りていき、フェルツァーがいないか警戒したが、どこにも彼の姿はなかった。店を出て、フィフス・ストリートに足を踏み入れ、まわりを見た。どこにもフェルツァーの姿はなかった。

バラードは、キャスター同様、フェルツァーも歩いて打ち合わせに来たのだが、スプリング・ストリートではなく、メイン・ストリート経由でおなじ四ブロック分を歩いたのだろう、と推測した。メイン・ストリートは、市警本部ビルの出入り口を使う場合はより都合がよく、新聞記者と情報提供者のあいだにスペースを置けた。バラードは交差点の信号が変わるのを見て、横断し、フィフス・ストリートを通って、メイン・ストリートまでたどり着いた。交差点でさりげなく角からメイン・ストリートの北を見た。市警本部ビルのある方向におよそ二ブロック先、早いペースで歩いているひとりの男が見えた。バラードはそれをフェルツァーの猪突《ちよとつ》猛進の足取りだと認識した。

フェルツァーはキャスターよりも尾行の可能性に敏感になっているかもしれないと不安になり、バラードは十分待ってから、メイン・ストリートを北上しはじめた。ファースト・ストリートにたどり着くと、右に折れ、リトル・トーキョーに歩いて入った。

ミヤコ・ホテルにチェックインする。フロント係に、ルームサービスでスシの選択肢がたくさんあります、と自信たっぷりに言われたあとで。

客室にたどり着くと、まず食事を注文した。次にショルダーバッグをあけ、翌朝着るつもりの服を並べた。フェルツァーとの面談はきわめて重要なものになるだろう。

食事が届くのを待っているあいだに携帯電話を取りだして、タウスン刑事弁護士の仕事上の電話番号をググった。こんな遅い時間だとタウスンはオフィスにいないだろうが、メッセージを受け取る可能性はきわめて高いと期待した。刑事弁護士は依頼人からの深夜の電話を受けることに慣れている。日曜日の朝のバラードの聴取が終わるころにはひどく恐怖を募らせていたタウスンの様子から判断して、彼はすぐにも電話をかけ直してくるだろう。

電話は伝言サービスに繋がり、バラードはコンピュータではなく、生きている人間と話をした。

「わたしは、ロス市警のレネイ・バラード刑事です。ある殺人事件のことで日曜日の朝、タウスン氏と話をしました。今夜、タウスンさんに伝言を届けてください。可能なかぎりすぐにわたしに電話をかけ直してもらう必要があります。どんなに遅くなってもかまいません。これは緊急の用件です」

バラードは電話を切り、待機をはじめた。

時間をつぶすため、バラードは客室のＴＶを点け、ケーブルＴＶで毎晩放送されている政治的内紛と罵倒劇にたちまち心を奪われた。
タウスンの折り返しの電話は、スシより早くやってきた。

31

水曜日の朝八時二十五分、バラードはディーン・タウスンとともに市警本部ビルのFIDオフィスに歩いて入っていった。遅刻し、フェルツァー警部補からの二度の電話と居場所を訊ねるメッセージを無視するのはタウスンのアイデアだった。そうすることでこちらが到着しないうちからフェルツァーをやきもきさせられた。

ふたつの班のうちひとつの班長であるフェルツァーはプライベート・オフィスを持っていた。狭い部屋で、タウスンの席を用意するのにほかから椅子を転がしてこなければならなかった。タウスンとバラードは見るからにいらだっている警部補と机を挟んで向かい合って腰を下ろした。警部補がドアを閉めた。

「バラード刑事、弁護士を同席させる必要があるときみが考えた理由がよくわからない」フェルツァーは言った。「きみはライバーガー警告に同意した身であり、質問に答えるのが義務だ。もしこの捜査でなにか犯罪事実が明るみに出れば、もちろん、きみの供述のすべてはその有効性を否定される」

フェルツァーはこれが単純なことだとほのめかすような仕草で机の上に両手を掲げた。事態を複雑化させるための弁護士は必要ないのだ、と。

「わたしは全面的に協力し、すべての質問に答えるつもりです」バラードは言った。「ですが、わたしの法的代理人を出席させたうえでのみです。あなたはメッセージのなかで、われわれは若干の矛盾点を解消する必要がある、とおっしゃった。では、それにとりかかりませんか、わたしが代理人を出席させていることを気にせずに」

フェルツァーはその提案をじっと考えた。どう見ても、なんらかの法的罠《わな》に足を踏み入れるのを懸念している男のように見えた。

「われわれはこれを記録するつもりだ」ようやくフェルツァーは言った。「最初の聴取とおなじように」

フェルツァーは机のひきだしをひらき、デジタル・レコーダーを取りだした。フェルツァーがその録音の設定をしていると、タウスンはスーツの上着の内ポケットから携帯電話を取りだして、机の上に置いた。

「このセッションをわれわれも記録します」タウスンは言った。

「お好きなように」フェルツァーは言った。

「ありがとう」タウスンは言った。

「もうひとりの被害者、ベアトリス・ボープレからはじめよう」フェルツァーは言った。「昨日のきみの供述では、ボープレはトレントによって部屋に運んでこられたとき意識を失っていたという話だった」

「意識を失っているように見えると言ったと思います」バラードは言った。「わたしは彼女ではなく、トレントに集中していました」

「ミズ・ボープレがわれわれに話したところでは、彼女はそのとき実際には意識を恢復していて、トレントから逃れる機会を窺うため、意識を恢復していないふりをしていたそうだ」

「なるほど。その可能性はありましたね」

「ボープレは続けて言ったんだが、彼女はきみとトレントが取っ組み合いをして、その結果、トレントが致命傷を負ったのを見たそうだ。そして、そこで起こったことの彼女の説明は、きみの説明と際だって異なっている」

「まあ、彼女はまちがいなく異なる見方をしていたでしょうね」

「もしきみが望むのであれば、記録を訂正する機会を与えようと思う」

「わたしはたんにミズ・ボープレの説明に従いますよ。わたしは自分より体重と体格が倍近くちがう男と生きるか死ぬかの戦いに及んでいました。戦うのを止めて、メモを取ったり、自分の行動を記憶したりはしていませんでした。わたしは生き延びようとしており、おなじくミズ・ボープレも生かしておこうとしていたんです」

それはバラードとタウスンがリハーサルしていた回答だった。フェルツァーが電話のメッセージでほのめかしていた矛盾点というのは、バラードとボープレの供述の齟《そ》齬《ご》であろうと、推測していたからだ。バラードとタウスンは朝六時三十分にミヤコ・ホテルのブレックファスト・ルームで会い、FIDとのアポイントメントの準備をした。リハーサルした応答は、正当防衛による殺人の許容範囲要素におけるすべての齟齬をカバーするものだった。警察官あるいは市民が死あるいは重大な肉体的損傷を受ける怖れ。

「いまの発言で充分だと思いますよ、警部補」タウスンが言った。「ほかになにかわたしの依頼人に言いたいことはあるんですか？」

フェルツァーはタウスンを見た。

「ああ、ある」フェルツァーは言った。

フェルツァーの声には自信が窺え、バラードを強く警戒させた。

「きみはこの出来事が発生し、聴取を受けるため別々にされて以来、ミズ・ボープレとなんらかのコミュニケーションを取ったかね？」フェルツァーは訊いた。

「直接的なものはなにもありません」バラードは言った。「彼女は昨日わたしの携帯電話に電話をかけてきましたが、わたしはその電話に出ませんでした。彼女は、自分の命を救ったことに感謝するという旨のメッセージを残していました。わたしはまだその電話に返事はしていません。なぜなら、あなたとの捜査が完了するまで、彼女と話をするのはふさわしくないだろうと考えたからです」

これもまた慎重に考え、リハーサルをした回答だった。

「わたしはそのメッセージをまだ持っています」バラードは言った。「お望みならスピーカー・モードにしてここで再生できますよ」

「必要ならあとでそうしてもらおう」フェルツァーは言った。「きみが遅れて到着したことで、別のアポイントメントが押しているんだ。だから、先に進めよう。昨日きみは、トレントがいなくなっているあいだにどうにか自分を自由にすることができた、と言った。きみは自分がどこにいて、逃げられるかどうか確信がなかったから、すぐには家を出ていかなかった、と言った。それで正しいかね？」

「いま話しているのは、とても短い瞬間のことです」バラードは言った。「それはわたしの当初の考えでしたが、そのとき車庫の扉の音が聞こえ、トレントが戻ってきて、おそらくは別の被害者を連れてきた可能性がきわめて高い、とわたしはわかりました。前妻を拉致しにいくつもりだ、とトレントがわたしに話していたからです」

「だが、きみの最初の回答では、きみは自分がどこにいるのかわからなかったことを示唆している」

「まあ、自分がトレントの家にいるだろうとはっきり推測はでき、彼がわたしの捜査の参考人になったときに背景調査をおこなっていたので、彼がどこに住んでいるのか知っていました」

「きみは以前にその家にいったことはあるのか？」

そら来た。フェルツァーは前日にバラードを聴取した際に持っていなかった情報を持っている。

「いえ、わたしはあの家のなかに入ったことは一度もありません」バラードは言った。

金曜日の夜にライトウッド・ドライブで会ったふたりのノース・ハリウッド分署のパトロール警官が名乗りでたのだろうと、バラードは推測せざるをえなかった。

「トーマス・トレントの自宅の敷地《しきち》に入ったことはあるのかね？」フェルツァーが訊いた。

「ええ、敷地には入ったことがあります」バラードはためらわずに答えた。

タウスンはわずかに身を乗りだした。タウスンはいま目かくしされて飛んでいた。バラードは朝食の際、トレントの家をこっそり探ろうとしたことをタウスンと話し合っていなかった。なぜなら、その件が持ちだされるとは思ってもみなかったからだ。いまやこの一連の質問の扱い方をバラードが心得ているものと、タウスンは信用しなければならなかった。

「どうしてそうなったんだ、バラード刑事？」フェルツァーが訊いた。

「金曜日の夜、わたしはトレントが自動車販売店に勤務中だと確証を得て、彼の自宅を見てまわりにいったんです」バラードは言った。「わたしが担当する事件の被害者は、逆さまの家に連れていかれたと証言していました。トレントの家がその表現に合致するかどうか確かめることが重要だと感じたのです」

「刑事、その〝見てまわる〟のに役立てようとして、きみはライトウッド・ドライブに不審者がうろついているという虚偽の通報をしたのかね？」

タウスンはバラードの腕に手を置いて、回答するのを止めさせた。

「彼女はそれには答えません」タウスンは言った。「これは武器使用の捜査です。われわれは関係のない事項を話し合うつもりはありません」

「関係しているのだ」フェルツァーは言った。「わたしが摑んだ情報では、金曜日の夜、バラード刑事は彼女があとで拘束されていたと主張する場所であり、彼女がトーマス・トレントを殺した場所である部屋の外にあるポーチにいたという。彼女の供述のなかで、彼女は自分がどこにいるのかわからず、脱出できなかったと述べた。これはわたしが集めた事実と相反している」

「部屋の外にいるのと、部屋のなかにいるのとは、まったく異なります」タウスンが反論した。「わたしの依頼人は襲われ、薬を投与され、おそらくはレイプされたんです――それらすべてが彼女の認識力に影響を与えました」

「カーテンは閉められていました」バラードは付け加えた。「わたしはあのポーチの奥にある部屋にいるとはわからなかったんです」

タウスンは軽蔑するふうに手を振った。

「その策はうまくいきませんよ、警部補」タウスンは言った。「あなたはわたしたちの時間を無駄にしている。ここに筋書きがあるのは明白です。あなたは存在していない理由を元にして、バラード刑事を追放するための立証をおこなおうとしている。彼女は脱出しなかった。部屋に留まり、わが身の危険を顧みず、ほかの人の命を救おうとした。あなたは本気でその説明で彼女を不利な立場にしようとしているのですか？

どこからその意図は降ってきたんです？」

「ここには筋書きはない」フェルツァーは言った。「そしてわたしはこの捜査のあなた流のキャラクタリゼーションに激しく抗議する。まったくもって言いすぎだ《アウト・オブ・ライン》」

「あなたはなにが本筋から外れて《アウト・オブ・ライン》いることなのか話したいのですか？」タウスンは言った。「これこそ本筋から外れていることです」

弁護士はブリーフケースをあけ、けさのロサンジェルス・タイムズの折り畳まれたAセクションを取りだし、机の上に落とした。トレント殺害の記事が第一面の下方隅に掲載されていた。その記事の署名欄にはジェリー・キャスターの名があった。

「わたしはマスコミが報道することになんの関係も持っていない」フェルツァーは言った。「その記事がどれほど完全なものか、あるいは不完全なものか、とやかく言う権利はわたしにはない」

「戯言《たわごと》を」バラードが言った。

「この記事は、昨日、市警が発表した公式プレスリリースにはない詳細が含まれています」タウスンは言った。「それだけではなく、意図的に選んだ詳細を公表しほかの詳細を削除することで、わたしの依頼人に不利な光が当てられています。これは煽動《せんどう》記事です」

「どのようにタイムズがこの情報を手に入れるに到ったのか、調べてみるつもりだ」フェルツァーは言った。

「それを担当する捜査員がおそらく漏洩した本人である場合には、まったく安心できませんな」タウスンが言った。

「警告をしておきますぞ」フェルツァーは腹立たしげに言った。「たいがいのことは我慢しましょう。ですが、わたしの信望を傷つけるような行為を許すつもりはありません。わたしはここでルールに従って行動しています」

フェルツァーの顔は怒りで紅潮した。もっともらしいショーを演じていた。また、バラードとタウスンの思うつぼの演技をしていた。

「あなたの怒りは、同意のうえでのプレスリリース内容を超えた詳細の漏洩は、法律と市警の方針の下でのバラード刑事のプライバシー権利の侵害であることにあなたが同意していることを示唆しています」タウスンは言った。

「言ったでしょうが、われわれはこの漏洩を調べてみると」フェルツァーは言った。

「なぜです？」タウスンは訊いた。「それが違法だからですか、それともたんにフェアでないからですか？」

「法律に反しているんです、それでいいですか？」フェルツァーは言った。「われわれは捜査します」

タウスンはフェルツアーのコンピュータ画面を指さした。

「さて、警部補、その捜査に協力してあげましょう」タウスンは言った。「あなたに繋いでもらいたいリンクをお渡しします」

「いったいなんの話だ？」フェルツアーは言った。「なんのリンクだ？」

「ロス市警の幹部職員と地元マスコミを、きょうこれからひらかれる記者会見に集めることになるウェブサイトのリンクです」タウスンは言った。「ＵＲＬは、JerryandJoe.com。そちらのサーバーで繋いで、確認してみてください」

フェルツアーのコンピュータ画面は、机のサイド・エクステンションに載っており、自分とだれであれメインデスクの真向かいに座る人間とのあいだの目に入る障壁にならないようになっていた。フェルツアーはコンピュータのほうを向き、画面を呼びだした。サーバーに繋いで、いま告げられたウェブサイトのアドレスを入力しはじめた。

「大文字のＪのＪｅｒｒｙ」バラードは言った。「ジェリー・キャスターとおなじスペルですよ」

フェルツアーは一瞬タイプするのを止め、キーボードの上で指を浮かばせた。

「だいじょうぶです、警部補」タウスンは言った。「ただのウェブサイトです」

フェルツァーは入力した。画面にそのウェブサイトがひらいた。九秒の動画がループ再生される一枚のページがあるだけだった――フェルツァーが昨晩〈ラスト・ブックストア〉でジェリー・キャスターと会っているところを上から見た動画だ。タウスンはそのサイトを起ち上げるアイデアを浮かべ、バラードが食事をしているあいだにドメインを買って、動画を見られるようにした。

フェルツァーは完全に押し黙ってその動画を見た。三度目のループ再生ののち、フェルツァーは画面を切った。バラードとタウスンから顔を背ける。そのため、ふたりのどちらもフェルツァーの顔に浮かんでいる表情を完全には見られなかった。だが、うつむいており、明らかに自分の陥った苦境について考えをめぐらしていた。数秒のうちにフェルツァーはこのタイムスタンプが付いた動画は自明のもので、自分の状況は擁護不可能だと判断した。ビデオが明らかにした政治的な動物のように、フェルツァーはゆっくりとバラードとタウスンのほうに顔を戻した。そこに浮かんでいるのは、パニックと、悲惨な結末を受け入れている状態の中間のような表情だった。

「で、なにが望みだ？」フェルツァーは言った。

バラードは気分が高揚した。フェルツァーを追い詰めるふたりの計画はみごとにうまくいった。

「市警からバラード刑事を追いだそうとするこの明らかな行動をここで止めてもらいたい」タウスンは言った。

タウスンは待ち、フェルツァーは一回、ほとんどわからないくらい小さくうなずいた。

「そして今夜六時までにウェブサイトに、またあすの朝の紙版で、タイムズにあらたな記事を出させてもらいたい」タウスンはつづけた。「あなたのご友人のジェリー・キャスターにもっと詳細な情報をリークしてもらいたい。バラード刑事に本来浴びて当然の肯定的な光を当てたうえで。ヒーローとか市警の方針に合致しているとか正当防衛とかの言葉が記事のなかに含まれているのを見たい」

「どういうふうに書くかはコントロールできない」フェルツァーは抗議した。「わかっているだろう」

「やってみてください、警部補」タウスンは言った。「あなたのご友人のキャスターは、記録を正すための理由をあなたとおなじくらい持っています。もしこのことが街じゅうのマスコミに出回れば、キャスターはいいように見られないでしょう。ロス市警幹部の提灯《ちょうちん》持ちとして見られるでしょう。現実にそうなんですがね。そして通りの向かいにいる編集局長たちは、それを好むとは思えません」

「わかった、わかった」フェルツァーは言った。「以上か？」

「いえ、ほど遠いです」バラードは言った。「わたしはトレントの自宅へのアクセスと、あなたのチームがあそこで押収したすべての証拠へのアクセスを認めてもらいたい。まだ、おこなって、完了させるべき捜査があります。トレントが今回のことをほかの被害者にやったことを示すものがあるかどうか調べたいのです」

フェルツァーはうなずいた。

「了解だ」フェルツァーは言った。

「そしてもうひとつ」バラードは言った。「わたしはここから心理検査を受けに行動科学課へいきます。現業復帰を促進する推薦を手に入れたい」

「行動科学課へ手を回すことを期待してもらっては困る――」

「実際には、期待しています」タウスンはフェルツァーを遮って、言った。「先方には、この件を丸く収め、バラードを仕事に復帰させるよう本部長室からプレッシャーがかかっていると言ってもらいます。本部長がヒーロー警官を街に戻したいと望んでおられるから、と」

「わかった、わかった」フェルツァーは言った。「そうなるように手配しよう。だが、このリンクを削除してもらう必要がある。だれかがたまたま出くわすかもしれない」

「いまの合意をあなたがちゃんと履行したら消えますよ」タウスンは言った。「それまではダメです」

タウスンはバラードを見た。

「いいかな？」タウスンは訊いた。「全部カバーした？」

「そう思う」バラードは言った。

「では、ここから出るとしましょう」タウスンは言った。

タウスンは嫌悪感が晴れた口調で言った。立ち上がり、フェルツァーを見下ろす。警部補は青ざめた顔をしていた。自分の目のまえでおのれの人生があっという間に流れていくのを見たばかりのようだった。あるいは少なくとも自分のキャリアが。

「まえの仕事で、わたしは地区検事局でジェイ・シド案件を担当していました」タウスンは言った。「いまでもあそこに友人がいます。彼らはあなたのような連中を倒す方法をつねに探しています。自分のエゴと権力でいい気になっている連中をね。電話を手に取り、旧交をあたためる理由をわたしに寄越さないでください」

フェルツァーはただうなずいた。タウスンとバラードはオフィスをあとにし、ドアを閉めた。

32

市警本部ビルの正面にある中庭で、バラードは自分のキャリアを救ってくれたことでタウスンに礼を述べた。それはきみが自分でやったことだ、とタウスンは言った。「きみが新聞記者をきのうの夜尾行した――あれは天才的だった」タウスンは言った。「あれがわれわれの必要としているすべてだった。ありがたいのはそこさ、それがフェルツァーをおとなしくさせた。あの動画を持っているかぎり、きみはだいじょうぶだろう」

バラードはうしろを振り返り、市警本部ビル《PAB》を見上げた。市庁舎のタワービルが、市警本部ビルのガラスのファサードに反射していた。

「レイトショーのわたしのパートナーが、ＰＡＢは、策謀《ポリティクス》アンドでたらめ《ブルシット》の略称だとよく口にしている」バラードは言った。「きょうは、彼の言うとおりだと思う日々の一日」

「それじゃあな、レネイ」タウスンは言った。「なにか必要なら連絡してくれ」

「請求書を送ってくれるでしょ」

「考えてみる。これは、達成感がその報酬という状況だ。ループ再生を見たあとでフエルツァーの顔に浮かんだ表情。あれは百万ドルの価値があった」

「プロボノ案件じゃないの、弁護士さん。請求書を送って――百万ドルではないものを」

「わかった。送るよ」

金に言及したことで、バラードはあることを思いついた。

「ところで、名刺を持っている？」バラードは訊いた。「あなたを紹介したい人がいるの」

「もちろん」タウスンは答えた。

彼はスーツの上着のポケットに手を突っこみ、バラードに名刺の小さな束を渡した。

「何枚か持っていってくれ」タウスンは言った。「これは無料だ」

バラードは笑みを浮かべ、タウスンに礼を言った。

「そうだ、訊くのを忘れてた――〈ダンサーズ〉事件の担当者がだれかファビアンのことをあなたに訊きにきた?」

「その件できみに感謝しておくべきだな。ああ、事情聴取を受けた」

「だれが来たの?」

「カーという名の刑事だ」

バラードはうなずいた。

「わたしにすでに話してくれたこと以外でその人に話したことはある?」バラードは訊いた。

「あるとは思わない」タウスンは答えた。「思いだせるかぎりでは、きみの質問は徹底したものだった」

バラードはまた笑みを浮かべ、ふたりは別々の方向に向かった。タウスンは中庭を横切って一ブロック先の連邦裁判所に向かい、バラードは市警本部ビルの東面についている階段に向かった。カーがタウスンに追跡捜査をしたのを耳にして、バラードは嬉しかった。ひょっとしたら、警官があの発砲事件に関与しているというバラードの示唆にカーがようやく本気になってくれたのを意味しているかもしれなかった。

階段を上りきると、バラードは右に曲がり、殉職警官記念碑に向かった。それは現代彫刻で、任務中に命を落とした警察官の名前が真鍮のプレートに刻まれ、檻《おり》のような木製の建造物に張り付けられていた。時の経過に伴って、大半の真鍮プレートは変色し、ほかよりも明るいプレートが近年亡くなった職員のプレートであることを目立たせていた。もっとも明るく、もっとも輝いているプレートを選びだすのは、バラードにとって簡単だった。バラードは歩み寄り、そこにケン・チャスティンの名が刻まれているのを見た。

バラードは厳粛な面持ちでしばらくその場にじっと立っていたが、携帯電話が鳴り、尻ポケットからそれを取りだした。ロブ・コンプトンからだった。

「レネイ、さっき聞いたばかりだ！　なんてこった！　だいじょうぶかい？」

「元気よ」

「どうして電話してくれなかったんだ、ベイビー？　あの三流新聞でいま読んだところだ」

「まあ、あなたが読んだことはなにひとつ信じないで。完全な話になっていないし、訂正されることになっているから。きのう電話しなかったのは、ほぼ一日じゅう自分の電話を持っていなかったから。きのうの夜、やっと携帯電話にたどり着いたの。ATFの話というのはなに？」

「気にしないでくれ、そっちは待たせることができる。きみが無事か確かめたかっただけだ。いつ会えるだろうか?」

「ATFの件を待たせたくないな、ロビー。忙しくしている必要があるの。なにを手に入れたの?」

バラードは階段を下り、中庭に戻りはじめた。レンタカーはタイムズ・ビルの背後にある駐車場にまだ置いてあり、彼女はそちらへ向かった。

「うん、あそこの捜査官がわれわれの頼んだ武器検索に関して、おれに電話してきたんだ」コンプトンは言った。「そいつの名前はジョン・ウェルボーン。知ってるかい?」

「わたしの知っているATFの捜査官の数は、一本の指で数えられるわ」バラードは言った。「その人は知らないな」

「いまはATFEと呼ばれているのを知ってるかい? 爆発物《エクスプローシヴ》を付け加えたんだ」

「だれもその名で呼んでいないよ。話してくれるの、くれないの?」

「わかった、そうだな、そのウェルボーンというやつがネトルズの持っていた盗まれたグロックの件で電話してきたんだ。その銃にはどでかい旗が立っていた。二年まえダラスで現金輸送の装甲トラックが襲われたとき、ブリンクス社の警備員から奪われた銃なんだ。その事件のことは覚えていないが、銃を奪われた警備員のことは覚えている。彼はその銃で処刑されたんだ。同僚といっしょに」

「最低だ」

「ああ、おれもそう思った。で、最初、おれたちがその犯人を捕まえたと連中は考えていた――つまりネトルズだ。だが、ダラスの一件が起こったとき、ネトルズは刑務所に入っていた。ゆえに、銃は、ネトルズがやった窃盗事件のひとつで、再度盗まれたにちがいない」

「で、たぶん強盗犯は銃が盗まれたことを報告していないわね。もし装甲トラックの二重殺人事件で使用された銃を盗まれたのなら、警察に通報し、盗難を報告したりしないでしょう。身を低くし、その銃が世のなかから消えてしまうのを願うしかない」

「そうだ。で、今回の件になる。連邦機関の連中は、普通なら、保護観察官にわざわざ足を止めて質問したりしない。おれのそばをさっさと通り過ぎていくだろう。だが、おれたちがコンピュータに銃を登録した。それがなんなのかわかるまえに。ほら、どの家から盗まれたのか調べるために。で、ウェルボーンがおれに電話してきて、ウズウズし、この件で動きたくてたまらない様子を見せた」

「だけど、彼は動けない」

「ああ、動けない。おれの返事待ちだ」

「ネトルズはどこにいるの？　もう送り返されたの？」

「まだだ。郡の拘置所にいて、あす、判事のまえに出頭する予定になっている」

バラードは状況を考え、静かになった。建て前上、心理検査とFIDの調査を待つあいだ、バラードは実務から外されていた。行動科学課とのアポイントメントを前倒しし、FIDの調査から逃れることは可能だろうか、と考える。万事すっきりさせるという強制された約束をフェルツァーが履行することにバラードは本気で期待するつもりだった。

「例の別件のせいで、わたしはベンチに座っていることになっているの」バラードは言った。「だけど、きょうじゅうにそれは解決すると期待している」

「そんなに早く放免してくれるわけがないだろ」コンプトンは言った。「きょう、新聞にこんなことを書かれている以上」

「そっちは人に取りくんでもらっている。いずれわかるわ」

「じゃあ、きみはなにをしたいんだ？」

「あなたはネトルズがらみでどれくらい権限がある？」

「若干はあるよ、ああ。あの武器のおかげだ――火器所持の重罪。それが役に立つ」

「そうね、わたしはいまダウンタウンにいるの。行動科学課との約束があり、そのあと解放されるはず。郡拘置所にネトルズに会いにいって、どこでグロックを手に入れたかわたしたちに話すことで自分で自分を助けたいかどうか、本人に確かめられる。その銃が二重殺人に使われたと知ったら、ネトルズは、喜び勇んで銃とのかかわりを否定し、どこで手に入れたものかたぶん話してくれるでしょう」

「わかった、二時間こっちで用を済ませる必要がある。いまの話と無関係な仕事があり、いま言ったような動きをするのに処理しなければならないことがあるんだ。問題になるとは思わないが、定められた手順に従い、ネトルズと取引をすることについてボスと話をしなければならない。十二時に男性中央拘置所で落ち合うというのはどうだろう？　昼食どきで、ネトルズを連れてきてもらいやすいだろう」

「じゃあ、そこで」

自分のレンタカーに向かいながら、バラードはハリウッド分署刑事部のマカダムズ警部補に連絡を入れた。

「警部補、きょう何時に出勤できるか、あるいはそもそも出勤できるかどうか、はっきりわからないんです」バラードは言った。

「バラード、きみは今回のＦＩＤの件が片付くまで、ベンチに座っておくことになっている」マカダムズは言った。

「わかってます。ＦＩＤの件は、こっちで片付きました」

「どういうことだ？」

「いくつか質問するために呼びだされただけです。それにそのあと、行動科学課へいって、心理検査を受けます。それにどれくらいかかるのかわからないんです」

「きょうのタイムズを見たか？　さらに重要なことだが、ＦＩＤはそれを見たのか？」

「ええ、みんなタイムズを見ています。全部でたらめです」

「だったら、どこからこの情報が出てきたんだ？」

「いい質問です、警部補」

「バラード、言うまでもないが、気をつけろよ」

「了解しました」

行動科学課はチャイナタウンにあった。バラードが約束した面談は十時三十分まではじまらないので、三十分かそこら前倒しできないか電話をして確かめてみた。電話の受付担当者は、その要求は受け入れられないと答えるまえから笑いだしそうになっていた。

時間を潰すため、バラードは車を有料駐車場から出し、郡／ＵＳＣ共立メディカル・センターまで走らせた。ラモナはもはや急性期治療用病棟にはいなかった。容態は快方に向かい、それとともに病室が変わっていた。いまはほかの患者ひとりと病室をわかちあっていた。意識を恢復し、覚醒していた。目のまわりの腫れは収まっており、傷は黄色みを帯びた緑色の変色段階に移っていた。下唇の縫合箇所も抜糸が済んでいた。バラードは病室に入っていき、ラモナにほほ笑んだが、相手はバラードに見覚えがないような様子だった。

「ラモナ、わたしはバラード刑事。あなたの事件を任されているの。月曜日にここに立ち寄ったんだけど、覚えている？」

「はっきりとは」

その声は間違いなく男性のものだった。

「あなたに写真を見せたよね？　そのなかのひとりがあなたを傷つけた男かどうか見てもらうために」

「ごめんなさい」

「いえ、かまわないわ。実際のところ、それはもう問題じゃなくなったの。だから、わたしはここに立ち寄ったんだ。あなたを傷つけた男は死んだとあなたに伝えるために。だから、もう心配しなくていいし、その男のことを不安に思う必要もないの。そいつはこの世から消えたの」

「その人が犯人なのは確実なの？」

「絶対に確実よ、ラモナ」

「わかった」

ラモナはその知らせを聞いていまにも泣きだしそうになっているかのようにうつむいた。バラードはラモナがいまや安全だが、ひとりの捕食者に対して安全なだけにすぎないとわかっていた。さらなる捕食者を呼びこむのが確実な生活を彼女は送っていた。バラードはタウスンからもらった名刺の一枚をポケットから取りだして、差しだした。

「あなたにこれを渡したかった。これはわたしが協力してもらっている弁護士。彼はとても腕がいいと思う」

「なぜあたしに弁護士が必要なの？　あたしがなにをしたと言われているの？」

「ああ、ちがう、そんなんじゃないの。わたしはあなたに法的助言を与える立場にはないけれど、もし与えるとすれば、あなたは自分をこんな目に遭わせた男の財産を手に入れるための訴えをすべきだと思う。犯人が自分の家に多額の投資をしてきたのは、わたしが自信を持って断言できる。あなたは弁護士を雇い、その財産の一部を請求すべきだと思う。あいつはあなたを被害者にした。ほかのだれかがそうするまえにあなたはあいつの財産を徴収すべき」

「わかった」

だが、ラモナは名刺に手を伸ばさなかった。バラードはそれをベッドの横のテーブルに置いた。

「必要になったら、ここにあるからね」

「わかった、ありがと」

「わたしの名刺も置いておくわ。時間が経てば、あなたは疑問を持つようになるでしょう。わたしに電話してちょうだい」

「わかった」

気まずい退出だった。事件はトレントの死によって締めくくられており、バラードがラモナにさらに時間を費やす必要はなかった。病院を出ながら、バラードは、彼女とふたたび会うことがあるのだろうか、と思った。たぶん、わたしがトレントの財産を請求する訴訟を起こすべきだと提案したのは、ラモナが事件の証言をするため、証人として召喚されるだろうとわかっていたからだ、とバラードは思った。

これはひとつの事件を最初から最後まで担当したことからくる一種の達成感を求め

ての無意識の動きなんだろうか、とバラードは思った。トレントは死んだ。だが、バラードは、彼を法廷に引きだし、有罪評決を受けさせることがまだできるかもしれなかった。

33

バラードは行動科学課のトップ、カーメン・イノーホス博士とともにオフィスのひとつで腰を下ろしていた。その部屋は、ブロンドウッド材や、クリーム色の壁、淡い色のカーテンで飾られていた。窓から市庁舎の尖塔《せんとう》に向かってつづくチャイナタウンの家並みが見えた。バラードの置かれている快適ならざる状況と違って気持ちよくクッションの効いた椅子に座ってふたりは向かいあっていた。

「これまで人を殺したことはおあり？」イノーホスが訊いた。

「いいえ」バラードは答えた。「今回がはじめてです」

「そのことについて、きょうはどういう気持ちがしているかしら？」

「正直な話、それについて気分はいいです。もしわたしが彼を殺していなかったら、彼がわたしを殺していたでしょう。疑いなく」

バラードは〝正直な話〟という言葉で回答をはじめてしまったことを早くも後悔し

た。通常、人がその言葉を口にするとき、正直さからはほど遠いのだから。

セッションはバラードが十全に予測していた通りの道筋をたどりつづけた。内務監査と手続きに関して、警察官が直面するであろうほぼすべての状況に応じて、バラードは訊かれるであろうことと、最善の回答の仕方をきちんと言語化していた。組合の新聞には、深くまで分析された事例がしょっちゅう載っていた。バラードはイノーホスを相手にして言うべき重要な事柄は、トレント殺害を含む自分の行動に疑念は抱いていないということだとわかっていた。後悔や良心の呵責《かしゃく》を示すのは、まちがった動きである。市警は、もし任務に復帰させるなら、バラードが任務遂行においていかなる躊躇もしないであろうと、彼女は殺すか殺されるかの状況に置かれればためらわないだろうと、安心する必要があった。

バラードは面接のあいだ冷静かつ率直でおり、イノーホスがトレント殺害に関する質問から離れ、バラードの幼少期のことや、彼女が法執行機関に到った過去について訊ねたときにだけ不快感を示した。

バラードは自分が罠にかかった気がしはじめた。見ず知らずの人間におのれをさらけ出さねばならず、あるいは、任務復帰がさらなる分析や治療によって遅れるリスクを冒さざるをえなかった。バラードはそれを望まなかった。ベンチに座っていたくなかった。ひどい経験から学んだよいことという観点から、事態に積極的な回転をかけようとした。だが、父親の早死にや、母親によるティーンエイジャーだった自分の育児放棄、そしてホームレスとして過ごした一年のような事柄に積極的なものを見つけるのは、難しい仕事だとわかっていた。

「マウイには世界でもっとも美しいビーチがあるんです」ある時点でバラードは言った。「毎朝、学校にいくまえにわたしはサーフィンをしていました」

「ええ、だけど、あなたには帰る家がなく、世話をしてくれる母親がいなかった」イノーホスが言った。「そんな年齢でだれもそんな目に遭うべきではありません」

「それほど長くなかったんです。トゥトゥが迎えにきてくれました」

「トゥトゥ？」

「ハワイ語でおばあちゃんのことです。彼女がわたしをここに連れ戻してくれました。ヴェンチュラに」

イノーホスは白髪と黄金色の肌をした年輩女性だった。三十年以上、市警に奉職していた。彼女の膝の上には、バラードが十五年まえ最初にロス市警に応募した際に書かれた心理分析報告書を含むファイルがひらかれていた。過去の経歴の多くがそこに記されていた。当時、バラードは、自分の過去を自分だけのものにしておくことをよく知らなかった。

バラードはその最初の検査以来、行動科学課へ戻ったことがなかった。

「ドクター・リチャードスンは、ここに興味深い検査所見《ワークアップ》を記しています」イノーホスは、最初の検査官の書いたものを参照して言った。「あなたの若いころの生活における無秩序が、あなたを法執行機関へ惹きつけた、と彼は書いている。自分が法律を執行し、秩序をもたらす仕事に。それについてあなたはどう思う？」

「そうですね」バラードは回答に行き詰まった。「われわれにはルールを持つことが必要だと思います。それが社会を文明化するのです」

「で、トーマス・トレントはそのルールを破ったのね？」

「はい、大きく」

「もし過去七十二時間をやり直し、より賢い選択をするチャンスがあったら、あなたはトーマス・トレントがまだ生きていると思う？」

「もっと賢い選択がなんだかわかりません。わたしはあの瞬間に正しい選択をしたと思っています。なにが起こったのか、なぜ起こったのかという質問に答えるほうが好きです。なにが起こりえたとかなにができたということを推測するのではなく」

「では、後悔はないのね？」

「はい、わたしにも後悔はありますが、たぶん先生が考えているものに対する後悔ではありません」

「言ってみて。なんの後悔？」

「誤解しないでください、わたしには選択肢がなかったんです。生き残るのは、彼かわたしかという状況だった。そういう状況では、わたしは微塵《みじん》も後悔していません。もしおなじ状況に直面したなら、わたしはおなじことをすると思います。ですが、彼がまだ生きていてほしいと願っています。そうであれば、わたしは彼を逮捕でき、彼に裁判を受けさせ、彼は自分がしたことのせいで刑務所で朽ち果てるでしょうから」

「あなたは刺されて、命を失ったことで、彼が軽い罰で済んだと考えているのね」

バラードは一瞬考えを巡らせてから、うなずいた。

「はい、そう思っています」

イノーホスはファイルを閉じた。

「いいでしょう、バラード刑事、率直に話していただいて感謝します」イノーホスは言った。

「待って、以上ですか？」バラードが訊いた。

「以上です」

「で、わたしはリターン《R》・トゥ《T》・デューティ《D》（任務復帰）許可を得たんでしょうか？」

「それはすぐに認められるでしょうけど、わたしは精神的に元気を恢復するため、しばらく時間をかけるよう提案するつもりです。あなたはトラウマを経験しました。薬を投与された際にあなたの身に起こったことで答えをえられない疑問があります。あなたの心は、あなたの体とおなじように傷ついています。体と同様、心も治癒するのに時間が必要なの。この事態から落ち着くために時間が必要なんです」

「そのご意見は尊重します、先生。本気でそう思っています。ですが、わたしは捜査中の事件を抱えています。それらに結着をつける必要があり、それが終われば、休みを取れます」

イノーホスはバラードが言った言葉を以前に千回は聞いたかのようにある種疲れたほほ笑みを浮かべた。

「ここに来る警官はみんなおなじことを言うんでしょうね」バラードは言った。

「彼らを非難することはできません」イノーホスは言った。「彼らは仕事とアイデンティティを失うのが心配なんです。その両方が自分たちにもたらす結果を心配するのではなく。自分が警察官でないなら、あなたはなにをするつもり？」

バラードは一瞬考えてみた。

「わかりません」バラードは答えた。「そんなこと考えたことがありません」

イノーホスはうなずいた。

「わたしはこの仕事を長くやっています」イノーホスは言った。「長くキャリアを積む人も、短いキャリアで終わった人も見てきました。その違いは、暗闇の扱い方にあります」

「暗闇？」バラードは言った。「わたしはレイトショーで働いています。暗闇しかありま――」

「わたしが言っているのは、心のなかの暗闇のことです。あなたには仕事があります、刑事、それがあなたを人間の魂のもっとも荒涼としたところへあなたを連れていく。トレントのような人間の暗闇のなかに。わたしにはそれが物理法則のように思えます――すべての作用には、正の作用と反作用があります。もしあなたが暗闇に入れば、暗闇があなたに入ってくるのです。するとあなたはそれにどう対処すべきか判断しなければなりません。どうやってそれから身を守っていられるか。どうやってそれに自分を抉《えぐ》られないようにするか」

イノーホスはそこで口をつぐみ、バラードはどう言ったらいいのかわからなかった。

「自分を守ってくれるものを見つけるのです、バラード刑事」

イノーホスは椅子から立ち上がり、セッションは終了した。イノーホスは部屋のドアまでバラードに付き添った。バラードはうなずいて、別れを告げた。

「ありがとうございます、先生」

「ご無事で、バラード刑事」

34

バラードは男性中央拘置所に到着するのが二十分遅れたが、コンプトンはそこにいて、彼女を待っていた。ふたりは署名してなかに入り、バラードは予備の銃をロッカーに預けてから、面会室に案内され、クリストファー・ネトルズが居場所を突き止められ、連れてこられるのを待った。

「これをどういうふうに進める？」バラードが訊いた。

「おれに話をさせてくれ」コンプトンが答えた。「やつはおれが力を持っているとわかっている。あの銃の件でおれがやつを告発した。それがおれたちの強みだ」

「いい考えね」

待っているあいだにコンプトンは手を伸ばし、バラードの両手を持ち上げ、手首の包帯を真剣な面持ちで調べた。

「わかってる、自殺しようとしたみたいに見えるって」バラードは言った。「一週間は包帯を巻いていないといけないの」

「あの野郎」コンプトンは言った。「きみがあいつを倒したのは、ただただ嬉しいよ」

バラードはトレントとのあいだで起こったことと、どのようにタイムズへの違法漏洩がバラードに不利に働くよう記事を歪《ゆが》めたかの簡略版をコンプトンに伝えた。コンプトンは首を横に振った。土曜日の朝の乱暴なセックスのせいで、自分がレイプされたかどうかRTCの看護師の判断能力をどのように阻害したかについては、彼に言わないことに決めた。その話は別の機会に取っておけた。

会話が終わったとき、ドアがあき、ネトルズがふたりの監獄勤務の保安官助手に連れられて入ってきた。ネトルズはすぐさまバラードの同席を拒否した。逮捕の際にこの女が自分に虐待を加えたと主張して。

「座って、口をつぐむんだ」コンプトンが厳しくたしなめた。「きみにはそんなことを決める権利はない」

保安官助手はネトルズを椅子に座らせ、片方の手首の手錠をテーブルの中央にある鋼鉄製のリングに結びつけた。

「で、なにが狙いだ？」ネトルズは言った。

コンプトンは保安官助手たちが出ていくのを待った。

「きみは自分の置かれている状況をわかっているのか？」コンプトンは訊いた。「きみはあす、判事のまえに立つことになっている。きみの代弁をしてくれる弁護士はいるのか？」

「まだいないね」ネトルズは言った。

ネトルズは自分がなにも心配していないことをほのめかすように手錠をかけられた手をヒラヒラと動かした。

「まあ、きみが弁護士を見ていない理由は、弁護士がきみを助けられないからだ」コンプトンは言った。「きみの仮釈放は取り消され、きみはコルコランに戻ることになる。それに対して弁護士ができることはなにもない」

「おれの残りの弾は一発だけだ」ネトルズは言った。「それくらいは、金玉に汗ひとつかかずにやり過ごせる」

そう言いながらネトルズはバラードを見た。バラードは一発の銃弾というのが矯正施設での一年という意味だとわかっていた。

「そうかな？　きみは検事局があれだけの窃盗になにもしないで放置するとでも思っているのか？」コンプトンは訊いた。

「ここにいる連中から聞いた話だと、検事局のやることは、おれの現在の状況の隣に積み上げるだけだそうだ。そうなれば、ムショの過密のせいで余分な刑期を一日も過ごさないですむ」ネトルズは言った。「そうじゃないかい？」

「ところが、きみの履歴書にわたしが加えた銃の違法所持での重罪容疑はどうなるだろうな？　一発の銃弾の上に五年が積み重なるんだ。それでも金玉に汗ひとつかかずにやり過ごせるかな？」

「いったいなにを言ってるんだ、あんた？」

「五年の追加量刑のことを話している」

「そんなの戯言だ！」

ネトルズは手錠を乱暴に揺らした。自由になっている手でバラードを指さす。

「これはおまえのせいだろ、クソ女！」ネトルズは叫んだ。

「自分がやった犯罪のせいで、わたしを非難しないでほしいな」バラードは言い返した。「自分を非難しなさい」

バラードは両手を膝の上に置き、テーブルの下に隠していた。長袖のブラウスを着ており、手首の包帯をネトルズに見られ、あれこれ訊かれるリスクを冒したくなかった。

「いいか、クリストファー、なぜわれわれがここにいると思う？」コンプトンは言った。「悪い知らせを伝えるためにわざわざやってきたと思うか？」

「そうかもしれない」ネトルズは言った。「この女ならそうするかも」

「実際には、きみはまちがっている」コンプトンは言った。「われわれは悪い知らせを伝えるためにここにいるのではない。われわれはきみのトンネルの端に輝く明かりなんだ。きみが自分で自分を助けられるよう協力しに来たんだ」

ネトルズは落ち着いた。おこなうべき取引があるとわかったのだ。彼は疑わしげにコンプトンを見た。

「なにが欲しい？」ネトルズは訊いた。

「銃について知りたい」コンプトンは言った。「きみがどこで盗んだのか知りたいのだ。住所を知りたい、詳細を知りたい。それを渡してくれたなら、合計から引き算をはじめる。おわかりか？」

バラードはコンプトンが直接グロックについて訊かないことに感心した。具体的な意図をネトルズに明かさないほうがよかった。この前科者はそれを知れば、この面会を自分の有利になるよう操ろうとするかもしれなかった。

「知るもんか」ネトルズは情けない声を出した。「おれが住所を記憶しているわけがあるか？」

「考えろ」コンプトンは言った。「自分が盗みに入った家について、なんらかの考えを持っているはずだ。まず、きみが持っていた銃からはじめよう。グロック・モデル17。あれが気に入っているはずだ、なぜなら質に入れていなかったからな。どこで手に入れた？」

ネトルズはまえに身を乗りだし、自由なほうの腕のひじをテーブルについた。質問を考えるあいだ、自由なほうの手であごを触り、〈考える人〉のようなポーズを取った。

「まず最初に、あの三挺の銃はみんなおなじ家が出所なんだ」ようやくネトルズは言った。「住所なんて覚えていない。あの銃に盗難届なんて出ていないだろ？」

コンプトンはその質問を無視した。

「通りはどうだ？」コンプトンは訊いた。「通りの名は覚えていないか？」

「いや、おれはどんな通りの名も覚えていない」ネトルズは言った。

バラードは、シエスタ・ヴィレッジのネトルズの部屋で見つかったクレジットカードのうち六枚を、火器の盗難を届けていない盗難届と結びつけていた。これはつまり、その被害者たちは、銃について嘘をついているか、少なくとも一件のネトルズがおこなった窃盗に、警察に届けられていないものがあるかのどちらかだということだった――殺人事件の凶器が盗まれたせいで、届けを出していない可能性が大だった。すでに知られている六つの事件は、すべてシエスタ・ヴィレッジから数ブロック離れた通りで起こっていた。モーテルから北と東と西に向かって延びていく分布パターンがあった。

モーテルの南側にはそちらへのアクセスを阻害するフリーウェイやその他の邪魔なものはなかったが、知られている盗難事件のいずれも南側では起こっていなかった。そのことから、バラードは、自分たちが捜している家は南にあるかもしれないと思った。

「あなたが泊まっていたモーテルの南にある家に入ったことはないの？」バラードは訊いた。

「南？」ネトルズが反応する。「ああ、そうだ、南も入ったぜ」

コンプトンはバラードをちらっと見た。バラードは質問することにはなっていなかった。だが、彼女は立て続けに質問を放った。

「オーケイ、何度南にいった？」

「一度か二度だな。そっち側の家はよくないんだ。住んでいる連中の持ち物はゴミばかりだ」

「南側を狙ったのはいつ?」

「最初にはじめたときだ」

「オーケイ、モーテルによれば、あなたは逮捕されるまえに九日間、あそこに泊まっていた。では、最初の二日ほどは、南を狙ったのね?」

「そうだと思う」

「銃を手に入れるのにどれくらいかかった?」

「最初に狙った何軒かの家の一軒にあった」

「モーテルの南の家から?」

「ああ、そうだと思う。二番目に入った家だったかな。ああ、二番目だ。持ち主は、棚の本のうしろに銃を隠している自分はなんて賢いんだろうと思っていたんだな。だけど、おれは棚から本を払い落とした。床にな。人は本のうしろにあらゆるものを隠すもんさ。そうやっておれは銃を見つけた」

バラードは携帯電話を取りだし、GPSアプリを起ち上げた。シエスタ・ヴィレッジ・モーテルがあるサンタモニカ大通りとウィルトン・プレイスを中心に据えた地図を引っ張りだす。南にある通りの名前を読み上げはじめた。セントアンドリュース、ウェスタン、リッジウッド、ロメイン――ネトルズは首を横に振りつづけたが、シエラ・ビスタにたどり着くと態度が変わった。

「待った」ネトルズは言った。「シエラ・ビスタ。聞き覚えがある。そこだと思う」

「その家はどんな様子だった？」バラードは訊いた。

「わからん、家みたいに見えた」

「車庫はあった？」

「ああ、裏に車庫があった。独立した車庫だ」

「一階建て、二階建て？」

「一階建てだ。おれは二階建ての家では仕事をしない」

「オーケイ、そこは煉瓦《れんが》造りだった、木造だった、どんなだった？」

「煉瓦造りじゃなかった」

「どうやって侵入したの？」

「おれは裏庭にいき、プールのそばのスライド錠を外した」

「オーケイ、じゃあ、そこにはプールがあったんだ」

「ああ、車庫の隣にな」

「じゃあ、門があったの？　プールを囲むフェンスみたいなものが？」

「裏庭全体を囲んでいた。鍵がかかっていたので、おれは乗り越えた」

「それは壁だったの、それともフェンス？」

「フェンスだ」

「フェンスはどんな色をしていた？」

「灰色だったかな。汚れた灰色だ」

「どうしてだれも家にいないとわかったの？」

「おれは通りに車を停めていて、住人の男が出ていくのを見たんだ」

「車で？」

「ああ」

「どんな車だった？　色は？」

「カマロだった。黄色の。車のことを覚えているよ。いかす車だ。あんな車が欲しかった」

「どうやってそこが無人だとわかったの？　ひとりの男が車で出かけたからといって、その家に妻や子どもがいないことにはならないでしょ？」

「わかってる。おれはいつも玄関ドアをノックするんだ。胸ポケットに名前が入っている作業シャツを持っている。漏れを探しているガスの点検業者のふりをするんだ。もしだれかがノックに応えたら、おれは形だけのふりをして、次の獲物を探すんだ」

「で、玄関ドアはどんな様子だった？」バラードは訊いた。

「えーっと、黄色だった」ネトルズは言った。「ああ、黄色だった。それを覚えているのは、車と似ていたからだ。あいつは黄色が好きなんだ」

バラードとコンプトンはなにも言わずに視線を交わした。当面必要なものを手に入れた。シエラ・ビスタの黄色いドアと黄色い車。見つけるのは難しくないだろう。

35

シエラ・ビスタには黄色いドアはなかった。バラードとコンプトンはトーラスに乗って、四ブロック分の距離を四回往復したが、黄色く塗られたドアは見えなかった。

「ネトルズが意図的にわたしたちを欺《ファックド》したと思う？」バラードは訊いた。

「もしそうしたなら、自分をダメに《ファックド》しただけだ」コンプトンは言った。「取引は結果に基づく」

コンプトンは横を向き、サイドウインドーから外を見た。彼がなにか言いたいことを言わずにいる素振りにバラードには思えた。

「なに？」バラードは訊いた。

「なんでもない」

「ちょっと、どうしたの？」

「わからんが、ひょっとしたらきみは計画どおりにして、おれに質問をさせるべきだったかもしれない」

「あなたは時間をかけすぎていたし、わたしはあいつに家の様子を話させた。拗《す》ねないで」

「拗ねていないよ、レネイ。だけど、おれたちはここにいる、シエラ・ビスタに。黄色いドアはどこにある？」

コンプトンはウインドシールドの向こうを仕草で示した。バラードはその文句を無視した。根拠のない不平だった。もしネトルズの言ったことを信じていなかったのなら、コンプトンは面会室でなにか言ったはずだ。言わなかった。それなのに、失敗と思しき行動に対してバラードを非難している。

バラードはシエラ・ビスタが丁字になった袋小路《ふくろこうじ》に突き当たる地点まで車を進め、そこで停めた。携帯電話の画面上の地図を見て、この通りがどこかほかにつづいているのか確認しようとした。つづいている通りはなにもなく、親指と人差し指で地図を拡大した。近所のほかの通りに別のシエラがないか確認する。なかったが、二ブロック南にセラノ・プレイスという通りがあった。バラードは携帯電話を置き、車を縁石から発進させた。

「どこへいくんだ？」コンプトンが訊いた。

「こっちにある別の通りを調べてみたい」バラードは言った。「セラノ、シエラ——ひょっとしたらネトルズが間違えたのかもしれない」

「似た音ですらない」

「いいえ、似てる。あなたは拗ねているだけよ」

セラノ・プレイスはたった一ブロックの長さしかなかった。ふたりはすばやく調べた。バラードは左側の家を、コンプトンは右側の家を。

「ちょっと待った」コンプトンが言った。

バラードは車を停めた。コンプトンが座っているほうの窓から、黄色いフレームに観音開きのドアがついている家を目にする。その家は、さね継ぎの羽目板張りだった。煉瓦造りではない。

バラードはジリジリと車を前進させて、ドライブウェイを通り過ぎ、地所の後方に家から離れている一台分の車庫があるのを見た。風雨に晒されて灰色になった木製のフェンスが裏庭を囲んでいた。

「フェンスは汚れているんじゃなく、風雨に晒されてあんな色になっている」バラードは言った。「うしろにプールがあると思う？」

「おれが拗ねてなかったら、イエスと言っただろうな」コンプトンは言った。

バラードはコンプトンの肩にパンチを入れ、運転をつづけた。二軒分先に進むと、バラードは縁石に車を寄せて停めた。

「ベルトを外して」バラードは言った。

「なんだって？」コンプトンが訊き返す。

「ベルトを外して。リードみたいに見える。プールがあるかどうか確かめにいく。自分のヴァンなら本物のリードがあるんだけど、あなたのベルトで代用するしかない」

コンプトンは合点した。ベルトをスルスルと外し、バラードに手渡した。

「すぐ戻ってくる」バラードは言った。

「気をつけて」コンプトンは言った。「もしおれが必要なら、一発発砲してくれ」

バラードは車を降り、黄色い観音開きのドアがついている家まで歩道を引き返した。片手にベルトをぶらさげ、繰り返しローラの名前を呼ぶ。目指す家の横を走っているドライブウェイに進んだ。

「ローラ！　ここにいるわ、お嬢ちゃん」

見るまえにプールのにおいがした。塩素の強い悪臭が、その家の後方から漂っていた。風雨に晒されたフェンスにたどり着き、その奥をかいま見るため爪先立ちにならねばならなかった。プールを確認し、通りに引き返そうとまわれ右をしたとき、車庫の扉の上に沿って窓が並んでいるのが目に入った。ガラスの向こうを見通せるほど自分の背丈がなかったので、バラードは逡巡《しゅんじゅん》した。すると、ドライブウェイの地面から三十センチほど離れたところに、車庫扉の取っ手があるのに気づいた。

バラードは車庫扉に近づいた。取っ手に片足をかけ、体重を支えられるか確かめる。充分頑丈そうに感じられた。取っ手に全体重をかけ、窓の下の細い敷居《しきい》を指で摑んだ。車庫扉の上に体を持ち上げ、なかを覗きこむ。

車庫のなかに停められているのは、黄色いカマロだった。

バラードは踵から地面に降りて、自分の車に戻ろうと振り返った。ドライブウェイにひとりの男がいて、バラードを見ていた。

「ああ、こんにちは、犬を見なかったですか？」バラードはあわてて言った。「ブチのボクサー・ミックス犬なんですけど」

「うちの車庫にかい？」男は言った。

「ごめんなさい。でも、逃げると隠れるのが好きなんです。ほんとに困りもので」

男はラテン系で、ワークアウト・パンツとランニングシューズ、フード付きトレーナーを着ており、ジョギングに出かけようとしているように見えた。バラードは腕を動かしつづけ、ぶら下げているベルトをリードではないと見やぶられないようにした。バラードは男の横を通り過ぎて通りに向かい、いましがた読み取ったカマロのプレートの番号を忘れないよう願った。

「このあたりに住んでいるのかい？」男は訊いた。

「向こうのシエラ・ビスタに」バラードは言った。「いい一日を」

バラードはドライブウェイを歩きつづけた。通りにたどり着くと、さらに数回、犬の名を呼び、歩きつづけた。トーラスにたどり着くとなかに飛び乗った。

「クソ、クソ、クソ、やってしまった」バラードは言った。

バラードは番号を忘れないうちにカマロのプレートを調べたかったが、ローヴァーを持っていないことに気づき、もちろん、レンタカーには警察無線は付いていなかった。

「なにがあったんだ？」コンプトンは訊いた。

バラードはサイドミラーを見つめ、さきほどの男がドライブウェイを出て、あとを追ってくるのを予想していた。

「男がひとり出てきた」バラードは言った。「わたしの正体に気づいたと思う」

「どうやって？」コンプトンは訊いた。

「わからない。男の目になにかがあった。正体に気づかれた」

「じゃあ、ずらかろう」

ミラーに男の姿は映らなかった。バラードは車を発進させた。と、そのとき、カマロがドライブウェイを出て、反対方向にセラノ・プレイスを出ていった。

「出ていく」バラードは言った。「黄色いカマロ」

バラードはカマロがこのブロックの末端で右折し、見えなくなるまで待った。バラードはUターンをして、おなじ方向に向かった。携帯電話を取りだし、短縮ダイヤルで通信センターを呼んだ。プレートの番号を読み上げ、コンピュータ検索を要請した。

「電話を切らずに待ってる」

角でバラードは右折した。カマロの姿はどこにもなかった。トーラスを猛スピードで走らせ、北へ向かい、ブロックごとに左右を確認してカマロの姿を探した。どこにも見当たらなかった。

「きみがそいつをビビらせたのか？」コンプトンは訊いた。

「わからない」バラードは答えた。「わたしが車庫の窓から車を見ていたのをそいつは見たの」

「クソ」

「まあ、なにをあなたが――」

通信係が情報をもって電話に戻ってきて、バラードはコンプトンが把握できるようにその情報を繰り返した。

「エウジェニオ・サンタナ・ペレス、一九七五年七月十四日生まれ。逮捕記録なし。ありがとう」

バラードは電話を切った。

「そいつは逮捕歴がない」コンプトンは言った。「間違った木に吠《ほ》えているのかもしれないぞ」

「黄色いドア、黄色いカマロ――あいつよ」バラードは言った。「ネトルズの証言に合致している。ひょっとしたら、あいつはだれかからあの銃を買っただけかもしれない。だけど、間違った木じゃないわ」

ふたりはサンタモニカ大通りまで進んだが、あいかわらずカマロの姿は見えなかった。

「右それとも左？」バラードは言った。

「クソ」コンプトンは言った。「そいつはきみを見たあとで、あそこからおん出た。おれはこれからウェルボーンに連絡して、おれたちがドジったかもしれないことを伝えなきゃならん」

「まだよ」

「これからどうするつもりだ？」

「落ち着いて。まだ見つけるのを諦めたわけじゃない。それに、まだあの家がある。ATFEにその家を渡せるでしょ」

バラードは車の流れの途切れを見つけ、直進し、サンタモニカ大通りを横切って、北上をつづけた。通りの確認をつづけながら、サンセット大通りにたどり着いた。そこから右折して、フリーウェイ101号線に向かった。

「あなたをダウンタウンに連れ戻す」バラードは言った。敗北を声に滲《にじ》ませる。

「これは失敗だ」コンプトンは言った。

だが、南向きのフリーウェイのランプに近づいていくと、バラードは二ブロック先に黄色いものを見かけた。一台の黄色い車が駐車場に入り、姿を消した。

「待って、あれを見た？」バラードは言った。「黄色い車だった」

「おれはなにも見なかった」コンプトンは言った。「どこだ？」

バラードはフリーウェイのランプを通り過ぎ、サンセット大通りを東に進みつづけた。黄色い車が進んでいた進入路にたどり着くと、バラードは巨大な駐車場が備わった〈ホーム・デポ〉の店舗に進入路が繋がっているのを見た。エントランスはガランとしており、バラードは、かつてはそこに日雇い仕事を求めて男たちが並んでいた様子を覚えていた。移民税関執行局が一斉摘発を定期的にはじめてから、その様子が変わってしまったのだ。

バラードは車を駐車場に進め、ゆっくりと場内をまわりはじめた。遠くの角にあの黄色いカマロが停まっているのを見つけた。〈ホーム・デポ〉のエントランスにより近いところのほうが駐車場所がたくさんあり、そのためここは見捨てられた場所に見えた。バラードはナンバープレートを確認した。自分たちが探していた車だった。

「クソ」バラードは言った。

「そいつは逃げたな」コンプトンは言った。「クソ、『ヒート』を何度も見すぎたあたなやつだ」

「なに？」

「映画の『ヒート』さ。九〇年代の映画だ。ノース・ハリウッドでの銀行強盗銃撃戦に着想を得たものさ」

「わたしは九〇年代の大半はハワイでサーフボードに乗っていたの」

「デ・ニーロが演じていた主人公は強盗だった。ひとつのルールを持っていた――

警察《ヒート》の追跡の徴候を見かけたら、なにもかも捨てて逃げられるようになっておかねばならない。そんな感じさ」

バラードは車をゆっくり進めつづけ、駐車場を歩いている男たちの顔を見て、ドライブウェイで見た男が見つかることを期待していた。

バラードはついていなかった。ようやく車を駐車場の隅へ向け、そこで停車した。ウインドシールド越しに五十メートル弱先にあるカマロが見えた。

「これはひどい失敗だ」コンプトンは言った。「まえもってウェルボーンに連絡しておくべきだった。そうせずにきみの意見に耳を貸して、自分たちでやってしまった」

「ふざけているの？」バラードは言った。「わたしを非難するの？　あなたはわたしとおなじくらいこれをやりたがったじゃない」

「きみはつねに勝たねばならない人間なんだ。男たちに打ち勝つために」

「冗談じゃない、信じられない。そんなに連邦政府の職員のことが気になるなら、ウーバーを使って、ここからとっとと出ていけば。わたしがウェルボーンに連絡して、われわれが手に入れたことを伝え、全部自分のせいにしておく。ほら、さっさと降りれば？　ほかのだれもがあらゆることをわたしのせいにしたがっている。さっさと車を降りなさい」

コンプトンはバラードを見た。

「本気で言ってるのか？」コンプトンは訊いた。

「大真面目よ」バラードは言った。「とっとと降りて」

バラードから目を離さないまま、コンプトンはドアをあけた。もしバラードに止められなかったら、本気でいなくなるぞと脅しているかのように振る舞う。

バラードは止めなかった。

コンプトンは車を降り、車内にいるバラードを振り返った。バラードはなにも言わず、カマロに視線を向けつづけた。コンプトンはドアをバタンと閉めた。バラードはコンプトンが立ち去っていくのを意地でも見ようとしなかった。

「またあらたな完敗かな」バラードはひとりごちた。

36

バラードは午後五時近くなるまでハリウッド分署にはいかなかった。午後の大半をATFEならびにFBIの捜査官たちと交渉するのに費やし、ネトルズと面会したあとでとった自分たちの行動を説明した。その話のなかでコンプトンについては触れず、男性中央拘置所を出たあとで、ひとりだけで行動した、と捜査官たちには伝えた。連邦捜査官たちの動揺は、バラードが彼らの持っている写真に目を通し、ドライブウェイで目撃した男を確認したときにある程度なだめられた。エウジェニオ・サンタナ・ペレスは偽名だと彼らは言ったが、本名を明かすことは拒んだ。〝おまえがドジったので、われわれが尻拭いをしなければならなくなったんだぞ〟と重々しい口調で告げられた、明らかに〝ここからはわれわれが引き受ける〟状況だった。

連邦捜査官たちはカマロを押収し、セラノ・プレイスにある家に入る令状を待つ時点で、バラードはウェルボーン捜査官に皮肉っぽい〝ありがとう〟とともに追い立てられた。分署に戻ると、バラードは自分のメールボックスから灰色の署内便封筒を抜き取ると、自分の新しい机の割り当てを訊きに警部補のオフィスに向かった。マカダムズは机のまえに立っていて、ひきだしから銃を抜き、ベルトに留めていた。いまから家に帰るというしるしだった。刑事部全体で、閉店準備が進んでいた。

「バラード、姿を見せる気になったんだ」マカダムズは言った。

「すみません、ダウンタウンで手が離せなくなっていたんです。そこにいるあいだに、トレント事件の被害者の様子を見にいきました」バラードは言った。「わたしに座らせたい特定の机はありますか？」

マカダムズは自分のオフィスの窓を指さし、ガラスの向こう側にある机を指示した。それはこの部屋のなかで最悪の机だった。警部補のオフィスのすぐ外にあり、机のコンピュータは、警部補がいつでもその画面を確認できる位置に置かれていた。刑事部では、まな板の上の鯉《こい》机として知られていた。

「きみをそこに座らせるつもりだったが、どうやら、レイトショーの代わりの人間を見つけなくてもよくなったようだ」マカダムズは言った。

「どういう意味です？」バラードは訊いた。

「なんというか、きみはきょうあそこで巧みな弁舌を振るったにちがいないな。なぜなら、ロサンジェルス・タイムズよ呪われてしまえ、ＦＩＤはトレント殺害を方針に合致した行為であると判断したと聞いたところだからだ。それにそれだけじゃなく、きみは任務復帰命令《RTD》を受けた。おめでとう」

バラードは肩からとても大きな重荷がどいたのを感じた。

「聞いていませんでした」バラードは言った。「とても早い決定みたいですね」

「きみの弁護代理人がだれであれ、引く手あまたになるだろうな。それは断言できる」マカダムズは言った。「けさタイムズが描いた絵図はまずいものだったな」

「わたしは代理人を使いませんでした」

「だとすれば、こいつは大いに祝うべきだな。だけど、Ｋパーティーがあるとしても、それをわたしは知りたくないな」

マカダムズ警部補はキル・パーティー開催を認めるさりげないうなずきをしたつもりのようだった。仲間のだれかが人を殺したあとで警官たちが集まり、酒を飲むのが秘密の伝統だった時期があった。生か死かという場面に遭遇した緊張感を解放する方法だった。市警本部がＦＩＤを組織し、すべての警察官関与殺人事件の捜査を真剣におこないだすと、ＦＩＤの勧告が公表されるまでパーティーは延期させられた。どちらにせよ、Ｋパーティーは前時代的な代物であり、いま開催されるとしても、極秘扱いでおこなわれるだけだった。バラードがもっともやりたくないのは、みずからの手によるトーマス・トレント殺害を祝うことだった。

「心配しないでください、Ｋパーティーはひらきません」バラードは言った。

「けっこう」マカダムズは言った。「ところで、わたしはここを出ていく。きみは昼のあいだずっと出ていたので、今夜はジェンキンズをソロであたらせる。きみのシフトは明日からはじまることになる。問題ないな？」

「はい、問題ありません。ありがとうございます、警部補」

バラードはあたりを見まわし、比較的新しいコンピュータ・モニターが載っている空の机を見つけた。警部補のオフィスとまな板の上の鯉机からかなり遠いところにあった。だが、そこへ近づいてみると、コーヒーの入ったマグカップと作業スペースに広げられた書類に気づいた。するとバラードはまわれ右して、窃盗課の並びのそばにある別の机を見つけた。無人で、使われていないように見え、そこそこましなモニターがあった。

腰を下ろし、最初にしたのは、ＦＩＤ捜査に関してタイムズがけさの記事を訂正しているかどうかオンラインで確認することだった。まだなにも出ていなかった。タウスンから入手した名刺の一枚を取りだし、警部補から聞いた話の内容を述べ、タイムズではいまのところなんのアクションも取っていないことを報告する電子メールを弁護士に書いた。送信ボタンを押すと同時に携帯電話が鳴った。重大犯罪課のロジャーズからだった。

「はあ、おれのメッセージは受け取ってくれたかい？」

「受け取った、ありがと」

「で、どんな具合だい？」

「だいじょうぶよ。警部補からいまさっき言われたんだけど、ＦＩＤがわたしの行動を妥当と認めたので、ベンチを温めずに済んだ」

「もちろん、妥当だろう、冗談じゃない。完璧に正当防衛だ」

「まあ、どうなるかわからないし。この件はあなたには意外かもしれないけど、わたしは市警の一部の人間を怒らせてしまったの」

「きみが？　それは信じがたいな」

それはバラードには充分皮肉な軽口に思えた。

「あなたが弁護士にわたしの手がかりを確認したと聞いた」バラードは言った。「タウスンに」

「だれがそれをきみに言ったんだ？」カーが訊いた。

「わたしにも情報源があるんだ」

「あの弁護士と話をしたんじゃないだろうな？」

「かもしれない。で、話はなに？」

カーはなにも言わなかった。

「ちょっと参ったな」バラードは言った。「わたしが摑んだ手がかりを受け取って調べてみて、それでなにを摑んだのかわたしに言う気すらないわけ？　これがあなたと交わす最後の会話になりそうね、カー刑事」

「そういうんじゃないんだ」カーは言った。「これから話す内容をきみは気に入らないんじゃないかと思っているだけさ」

するとだまりこんだのはバラードのほうだったが、それはあまり長くはつづかなかった。

「話して」バラードは言った。

「うん、ああ、きみの手がかりはいい結果を出した」カーは言った。「ファビアンは悪徳警官を渡すことができるとタウスンに言った、と弁護士本人から聞いた。そしたら、きょう、条痕検査結果が返ってきて、それがある種、事態を百八十度変えてしまったんだ」

「百八十度変えた？　なぜそんなことが？」

「一致しなかったんだ。ケン・チャステイン殺害に使用された武器は、〈ダンサーズ〉のブースで使用された武器とおなじものではなかった。いまのところの見立ては、ふたりの異なる発砲犯がいるというものだ」

「ふたつの事件は関係していないと言われているの？」

「いや、そうは言われていない。たんにふたつの凶器、ふたりの異なる発砲犯と言われているだけだ」

バラードは自分が全体像を摑んでいないとわかっていた。もしふたつの事件がひとつの凶器で繋がっていないというのなら、なにかほかのものがあるのだ。

「で、わたしはなにを見逃しているの？」バラードは訊いた。

「うーん、あれは完全な弾道検査報告書じゃなかったんだ」カーは言った。

「カー、お願い、時間を無駄にしないで」

「銃弾と薬莢《やっきょう》から凶器が特定された。ブースで使用された銃は92Fだった。車庫のほうは、ルガー380だった」

事件現場で押収された薬莢と死体から回収された銃弾は、火器の特定モデルを識別できる条痕を明らかにする、とバラードは知っていた。撃針と銃腔の線条が特有の刻み目や条線を残すのだ。

バラードはまた、凶器のモデルを突き止める重要性を理解していた。92Ｆは、ベレッタの9ミリ・オートマチック銃で、それはロス市警に認められた刑事の携行火器だった。ルガーは小型のピストルで、容易に隠せ、接近戦で使用されるものだった。それもまた、予備の武器として市警の認可リストに載っていた。また、ヒットマンが使う銃でもあった。

バラードはその情報を考えているあいだ、黙りこんだ。渋々そこに付け加えたのは、チャステインがベレッタ92Ｆを携行していたということだった。あるいは少なくとも、ふたりがパートナーだったときはそうだった。そのことが訊きたくない質問を浮かび上がらせた。

「チャステインは92Ｆを携行していた。彼の銃を〈ダンサーズ〉で押収された薬莢と突き合わせてみたの？」

「チャステインの銃を持っていれば、そうしただろうな」

それは新しい情報だった。

「チャステインを撃った人間がだれであれ、彼のジャケットの内側に手を伸ばして、銃を取っていったと言っているの？」

「どうやらそのようだ。チャステインの銃は回収されなかった」

「では、そっちではなにを考えているの？」

「おれはきょうあらたな指示を受けた。チャステインに深く潜るよう言われたんだ。全部調べ上げろ、と」

「それは馬鹿げてる。彼は〈ダンサーズ〉の発砲犯じゃない」

「どうしてそれを知ってるんだい？」

「ただ知ってるの。わたしは彼を知っている。これは彼の仕業じゃない」

「まあ、それをオリバス警部補に言ってくれ」

「正確にオリバスはなんて言ってるの？」

「あいつはなにも言ってないんだ。少なくともおれには。だが、あのブースで殺された男たちのひとりは、マフィアの人間だった」

「ええ、ジーノ・サンタンジェロ。ヴェガスから来た人間」

「まあ、そこから考えてみたらわかるだろ」

バラードは一瞬考えてみた。

「そこからってどこから？」バラードは言った。「なにを言いたいのかさっぱりわからない」

「最初に警官だと言ったのはきみだぞ。きみはたんに間違った警官を見ていたんだ」

「じゃあ、チャスティンをブースの発砲犯と仮定してみる。彼がマフィアの人間を殺し、マフィアが復讐《ふくしゅう》のため彼を殺した。それって辻褄の合う見立てだと思う？　まあ、わたしは買わないな。なぜケニーがそんなことをするの？」

「だから、おれたちが深く潜っているところなんだ。それに、実を言うと、きみに電話した理由もそれだ」

「忘れて。この件をチャスティンにおっかぶせるあなたに協力する気はない」

「聞いてくれ、おれたちは、だれかにおっかぶせようとはしていないんだ。そこになにもなければ、なにもない。だけど、おれたちは調べなきゃならない」

「わたしからなにを聞きたいの？」

「四年まえ、きみたちふたりはパートナーだった」

「ええ」

「当時彼は金銭的トラブルを抱えていた。そのことについて彼はきみになにか言ったか？」

　そのニュースはバラードにとって驚きだった。

「チャスティンは一言も言っていない。どんなトラブルで、どうしてあなたはそれを知ってるの？」

「深く潜っていると言っただろ？　おれはチャステインのクレジットカード利用歴を引っ張りだした。自宅のローンを九回支払えず、抵当権差し押さえ手続きを取られている。家を失いそうになっていたが、あるとき突然、それが綺麗になくなった。銀行に支払いがおこなわれ、チャステインに支払い能力が戻った——一夜にして。それについてなにか考えはあるかい？」

「言ったでしょ、その問題についてはわたしは知りもしなかった。一度もわたしに話してくれたことはない。シェルビーと話をしてみたの？　ひょっとしたら家族のだれかが手を貸してくれたのかもしれない」

「まだ訊いていない。シェルビーのところにいくまえにもっと情報を得たいんだ。訊きにいくとなれば、あまり楽しいことにはならないだろうから」

バラードは黙った。チャステインが金銭面あるいはほかの面で、仕事以外のプレッシャーを受けているように見えた時期の記憶はなかった。彼はつねに安定していた。バラードはカーが調べていないあることを思いついた。

「メトロはどうなったの？」バラードは訊いた。

「メトロ？」カーは言った。「どういう意味だい？」

「あの若い子。証人の。マシュー・ロビスンよ」

「ああ、彼か。自分をメトロと呼んでいるのかい？　まだ見つけていない。それに率直に言って、見つかるとは思っていない」

「だけど、その見立てにメトロはどう当てはまるの？」

「まあ、われわれにわかっているところでは、金曜日の五時ごろにロビスンはチャステインに電話をかけ、チャステインはロビスンを捜しにでかけた。ロビスンが脅威の存在になるとチャステインが考えたのだろうとわれわれは思っている」

「それでチャステインがロビスンを連れだし、どこかに隠すなり、埋めるなりして、家に帰った。ただそこにはマフィアのヒットマンが潜んでいて、チャステインが車から降りもしないうちに頭に銃弾を叩きこんだ」

「そして、チャステインの銃を持っていった」

「ああ、彼の銃を持っていった」

　そのあとふたりは長いあいだ黙っていた。バラードがだれも口に出したくない重要な問題を口にするまで。

「オリバスはまだこの事件全体の指揮をとっているの？」

「彼が責任者だ。だが、そっちの道を進むんじゃない、レネイ。条痕検査は条痕検査だ。きみがどうこうできることじゃない。それに金銭問題も事実としてしっかり存在していた」

「でも、なぜ銃を取っていくの？　車庫の発砲犯は。なぜこれらすべてのことが事実であると証明する、あるいは事実でないと証明するものを取っていったの？　比較検査のための銃がなければ、全部状況証拠になってしまう。仮説にすぎない」

「銃が取っていかれたのは、百もの理由がありうる。それに状況証拠といえば、もうひとつあるんだ」

「なに？」

「チャステインに関し、内務監査課を調べた。彼について公開されているファイルはなかった。だが、あそこには関連ファイルがあった。入ってくる匿名の情報を収めておくファイルだ。〝ある警官がわたしに失礼だった〟とか、〝うちの店に来て、支払いをせずにオレンジジュースを持っていく警官がいる〟といったしょうもない苦情を収めておくファイルだ」

「なるほど」

「で、いまも言ったように、チャステインに関して公開されているファイルはないんだが、関連ファイルには匿名の二件の報告書が入っていた。名前のわからない警官がカードゲームにのめりこみ、損失を払えなくなっている、というものだ」

「なんのカードゲーム？」

「書かれていなかったが、この街で賭け金の法外なゲームに加わりたかったら、そのゲームを見つけることができる、ときみも知っているだろ。そっちの世界へ移っていくなら」

バラードはカーからは見えないとわかっていたにもかかわらず、首を横に振った。まわりを見まわし、この会話をだれにも盗み聞きされていないことを確認する。刑事部屋はいまではほぼ無人で、大半の刑事たちは毎日午後四時になると片付けをはじめるのだった。それでも間仕切りのシェルターのなかに身を小さくして、カーに静かな声で話しかけた。

「それでもその話を買わない」バラードは言った。「あなたたちには消えた銃以外なにもない。あなたが言ったように、なぜその銃が消えたのか百の理由がありうる。だれがチャステインを殺したのか突き止めるよりも、チャステインにこれをおっかぶせることに興味を抱いているように思える」

「またその言葉を言うのかい」カーは言った。「われわれはだれにもなにかを〝おっかぶせて〟はいないんだ。それにいいかい、おれにはきみがほんとにわからないいんだ、レネイ。二年まえ、チャステインがきみを裏切ったのはみんなが知っている。きみは自分のキャリアの上向きの軌道を失い、レイトショーで働く羽目に陥った。そして、いまきみはここにいて、たくさんの煙が立っているのが明白な状況で、チャステインを弁護している。いいかい、たくさんの煙なんだ」

「まあ、問題はそこよね、わかる？　たくさんの煙なんだ。証拠のない怪しい雰囲気にすぎない。ダウンタウンでわたしが働いていた当時、わたしが〝上向きの軌道〟を失ったと思われるまえ、わたしたちは煙よりちゃんとしたものを必要としていた。もっと多くの証拠を必要としていたの」

「もし火事が起こったら、われわれはそれを見つけるよ」

「幸運をね、カー。また話しましょう」

バラードは電話を切り、椅子に座って凍りついた。〈ダンサーズ〉発砲犯が警官であるという仮説をはじめたのはバラードだった。いまやその仮説がモンスターとなり、チャステインに照準を合わせていた。

カーが、わたしの足首に潜ませている予備の銃がルガー380であることに気づくまでどれくらいかかるだろう、とバラードは思った。

37

バラードは自分を落ち着かせた。足首のルガーは、市警に認められた予備武器の一覧に載っていた。バラードとおそらくは千人のほかの警官がルガーを持っているだろう。

バラードは考えすぎはじめていた。バラードがルガーを持っていることをカーがすでに知っており、さきほどの電話はそのことをバラードが自主的に話題にするかどうかを確かめようとしたのだろうか、と訝ってしまった。黙っていれば、自分が容疑者リストに載ってしまうのかも、と。

「〈ダンサーズ〉の件は警官が犯人だとほんとに思われているのかい？」

バラードは椅子に座ったままクルリと回転し、自分のまうしろの机にリック・タイガートという名の刑事が座っているのを見た。タイガートにカーとの会話の自分側の話を盗み聴きされるかもしれない、とは思ってもみなかった。

「ねえ、その話をどこかで言わないでね、リック」バラードは急いで言った。「あなたは帰ったものだと思ってた」

「言わないよ。だけど、もしそれがほんとなら、ロス市警は、またしてもひどい目に遭いそうだな」タイガートは言った。

「ええ、まあ、どうしようもないことになりかねないわ。でも、いい、それがほんとかどうかわたしは知らないので、あなたのなかに留めておいて」

「ああ、問題ない」

バラードは仮の机に向き直り、自分宛のメールボックスで見つけた署内便封筒をあけはじめた。ひとつまえの受取人がバラードの名前の真上にある宛先リストの自分の名前を線で消していた。そこにはＦＩＤ／フェルツァーとあった。封筒のなかには、昨日発行されたトーマス・トレントの家の捜索令状に関する執行報告のコピーが入っていた。フェルツァーは、強要された共有の約束をちゃんと守っていた。執行報告は、裁判所が許可した令状に提出される書類だった。違法捜索と身体拘束がおこらぬよう絶えず目を光らせている外部権力が存在しているように、法執行機関の職員は、判事に報告することが法律で定められていた。通常、執行報告は、捜索で押収されたすべての品目についてきわめて詳細に記すものになっていた。フェルツァーは、見つかった場所で、押収する個々の品目の事件現場写真を撮影し、その束を添えることで補完していた。

　バラードは当面、チャスティンを念頭から追い払い、トレント事件に舞い戻ろうとした。ライトウッド・ドライブの家で押収された品目のリストをじっくり吟味する。大半は、家事や職場で使う目的の日用品だったが、連続暴行事件の容疑者が所持しているものになると、邪悪な性質を持ちえた。ダクトテープや、結束バンド、ペンチ、スキー帽のようなものだ。驚きだったのは、主寝室のベッドサイド・テーブルのひきだしから見つかったブラスナックルのコレクションだった。リストには詳しい説明はなかったので、バラードはすぐに写真をめくり、ひきだしに入っている四組のブラスナックルを撮影した写真を見つけた。それぞれの組が独特のデザインと素材で作られていたが、いずれもインパクト・プレートにおなじ文字が入っていた。善《GOOD》と悪《EVIL》。バラードはこのうち一組がラモナ・ラモネを痛めつけたときの武器だと推測した。

　バラードはトレントに対する立証を強固なものにするためブラスナックルを必要としていなかった。とりわけ、もはやこの事件はまえへ進まない以上。一方、捜査における正しい道筋をたどることで明晰《めいせき》さと達成感と知識がもたらす心の落ち着く瞬間があった。唯一の後悔は、もはやその瞬間をだれとも共有できないことだった。ジェンキンズはあと六時間しないとやってこないし、いずれにせよこの事件に彼はまったく関わっていなかった。バラードだけがこの事件に全力を注いでいたのだ。

フェルツァーが事件現場写真すべてのコピーを入れていたことにバラードは気づいたので、その8×10サイズの写真の束をゆっくりめくっていった。あの家を写真でまわるツアーだった。バラードはあの場所の全体を一度も見ていないことを思い起こした。そこの普通さにショックを受ける。どの部屋もほとんど家具がなく、あったとしても時代遅れのものだった。それなりに現代のものとして写真に写っているとみなせるものは唯一、リビングの壁にかかっている液晶ＴＶだけだった。

写真の束の最後の数枚は、逆さまの家の最下層にある部屋を撮影したものだった。そしてそこにはそのままの姿勢でいるトレントの写真も含まれていた——見つかったときそのままの姿勢で。彼の体と床にはバラードが覚えている以上に血が付いていた。トレントの目は半眼になっていた。自分が殺した男の写真を眺めて、長い時間が過ぎた。ようやくそれから目を離したのは、携帯電話が鳴りはじめたからだった。画面を見る。タウスンからだ。

「ウェブサイトを見てみたかね？」タウスンは言った。「載ってる。いい記事だ」

「ちょっと待って」バラードは言った。

　バラードは画面にタイムズのウェブサイトを呼びだした。記事はホームページのトップには載っていなかったが、並べられている三番目の記事だった。それをひらき、ジェリー・キャスターの署名があるのを心に留めてから、急いで読んだ。目にしたものに満足する。とりわけ、結論の段落に。

　ロス市警の消息筋によると、バラードの行動に疑念を表明した初期の報道には、詳しく調査された証拠と状況の全容が含まれていたわけではなかった。ロス市警警官による武器使用調査課《フォース・インヴェステイゲーション・デイヴイジョン》は、バラード刑事が自分の命と容疑者に拉致されたもうひとりの被害者の命を救うため、トレントを木の破片で刺したとき、彼女は勇敢に行動し、正当な武器の使用をおこなったという判断を下すものと見られている。ＦＩＤの認定はロサンジェルス地区検事局に伝えられ、そこで刑事の行動に関して最終的判断が下されるだろう。

「ええ、いい記事だわ」バラードは言った。「あなたはどう思う？」
「われわれはミスをしたと思う」タウスンは言った。「きみが警部への昇進を望んでいるとフェルツァーに言うべきだった。あの男はわれわれの望むあらゆるものを寄越した。実際、きみのヴァンについて確認したところ、きみはあした引き取りにいけるそうだ。もうヴァンの調査は済んだという」

タウスンがそんなことをするつもりだったとは知らなかった。彼がそんなことを率先的におこなったからには、タウスンとぎこちないことになるかもしれないという気がバラードにはした。

「ほんとうにありがとう、ディーン」バラードは言った。「いろんなことに対して。あなたのおかげで状況が好転した」

「わたしの手柄じゃない」タウスンは言った。「いままで扱ったなかでもっとも簡単な事件にきみがしてくれたんだ」

「まあ、そう言ってくれて嬉しいな。ところで、トレントの被害者にあなたの名刺を渡しておいた――わたしを事件に関わらせてくれた人物。わたしは彼女にあの家の所有権を争うべきであり、あなたに連絡するようにと伝えておいたの」

「なるほど、どうもありがとう。それから、レネイ、この件はわたしの関与に関しては、結着がついた案件なんだ。ということは、われわれが連絡を取り合ったとしても、利益相反にはならない――つまり、人と人との付き合いをしても」

そら来た。ぎこちなさの序曲が流れる。市警内だけじゃなく、司法制度のより広いフィールドで、男たちに言い寄られるのは、よくあることだった。コンプトンと付き合うようになったのもそうしてだった——共通の経験がなにかもっと親密なものに繫がるという。日曜の朝に彼のタウンハウスで聴取して以来、タウスンの関心が増していくのをバラードは感じていた。問題は、彼の関心に応える気がないことだった。とりわけ、体験したばかりの試練のあとでは。

「これはプロフェッショナルなレベルに留めておきたいの、ディーン」バラードは言った。「将来、あなたの法的サービスを必要とするかもしれないし、今回の件のあなたの対処方法を気に入っている——とっても」

プロフェッショナルなレベルで相手を持ち揚げることで、個人的な拒絶のショックを和らげることができればいい、とバラードは願った。

「まあ、もちろんだ」タウスンは言った。「なにか必要になったら、なんでも言ってくれ、レネイ。いつでも聞くよ。だけど、いまの件を考えてほしい。両立はいつだってできるさ」

「ありがとう、ディーン」バラードは言った。

通話を終えてから、バラードは写真に戻り、ふたたびトレントの死体と、逆さまの家の最下層にある部屋の写真を吟味した。死体と血を見ていると、バラードはそこに戻り、心の目でそれを調べてみることができた。自分がたどった手順、縛めからの脱出、そして攻撃をふたたび体験していた。右手で左手首を覆う。左手は最初に解放した手だった。結束バンドで非常に深い擦り傷がついていた。写真はバラードにふたたびあのときの痛みを感じさせた。だけど、それだけの痛みを感じる価値があった。それは犠牲だった。それを自分にはっきりわかりやすく表現することはできなかったが、頭のなかでその痛みを再度経験し、過ぎたあとでなにかをとやかく言わないことが治療上役に立った。必要なことだった。

刑事部屋の反対側から自分の名前が呼ばれたとき聞き逃しそうになった。顔を上げると、ダニトラ・ルイスがマカダムズのオフィスのすぐ外からこちらに向かってクリップボードを振っているのが見えた。ルイスは分署の記録と保管担当職員だった。毎日、その日の終わりにルイスが警部補の未処理書類入れに彼がさまざまな事件の出入りを確認できるように証拠記録簿を放りこんでいるのをバラードは知っていた。

バラードは立ち上がり、ルイスがなにを求めているのか確認に向かった。

「どうしたの、ダニトラ？」

「どうしたのかは、あなたがわたしのロッカーに入れた品物の処理をしてほしいということ。あそこに永遠に置いておけるわけじゃないから」

「どういう意味？」

「わたしが言ってるのは、先週からずっとうちの箱のひとつにあなたがあの袋を置いているということ」

「強盗殺人課のチャステインに送るはずになっていた袋のこと？　彼は金曜日にそれを引き取ることになっていたんだけど」

「まあ、いまも言ったように、まだあのロッカーに入っており、彼にではなく、あなたに渡すことになっている。引き取ってもらいたいの。スペースを空けてもらわないと」

バラードは困惑した。〈ダンサーズ〉大量殺人事件で銃に撃たれて倒れたウェイトレス、シンシア・ハデルの所持品を収めた証拠袋。バラードは、ハデルが巻き添え被害者だと知っていたが、チャステインが金曜日の朝、分署にいたときに物品袋を引き取っていかなかった意味がよくわからなかった。その袋についてチャステインに話しておいたのだ。だが、仮にチャステインが証人のザンダー・スペイツを連れていくので手が塞がっていたとしても、月曜日の朝、署内便でダウンタウンの保管課に移送され、そこでチャステインのため、取っておかれるはずだった。

それが正規の手続きだ。だが、それらのことがいずれも起こらなかったとルイスは言っている。袋はバラードに宛てた取り置きになっている、と。

「それがどういうことになっているのかわからないけど、少ししたら調べにいく」バラードは言った。

ルイスはバラードに礼を言い、刑事部屋を出ていった。

バラードは自分が使っていた机に戻り、写真と捜索令状執行報告書をいっしょに積み重ね、それらを人の目に触れないよう署内便封筒に戻した。そののち、封筒をファイル・キャビネットに仕舞って鍵をかけ、保管室に向かった。

ルイスはいなくなっていて、部屋は無人だった。バラードはシンシア・ハデルの私物を入れていた茶色い紙袋を置いたロッカーをひらいた。袋を取りだし、それをカウンターまで運んだ。最初に気づいたのは、二重にテープが貼られていたことだ。赤い証拠保全テープの二層目は、最初のテープに重ねられていた。ということは、この袋はバラードが金曜日の朝早くにロッカーに置いてからいったん開封され、再度封がされたのだ。チャスティンがそれをしたんだろう、とバラードは推測した。次にバラードは物品移送ラベルを確認し、それもまた新しいものであるのを見た。ラベルに手書きで書かれた指示は、この物品はハリウッド分署のバラード刑事に取り置くものと記されていた。バラードは手書き文字がチャスティンのものだと認識した。

バラードはカウンターからカッターナイフを摑み、テープをカットし、袋をあけた。なかから、ハデルが殺害されたあとの朝にバラードがこの紙袋のなかに入れた透明な証拠保管袋を取りだす。バラードはそのうちのひとつの袋も二重にテープが貼られているのに気づいた。その袋はいったん開封されて、再び封がされたのだ。

袋の新しい封を破らずに、バラードはカウンターの上で袋を広げて、ビニール越しに中身が見えるようにした。なかには品目リストがあり、全部が中身と対応しているのを確認できた。ハデルの携帯電話からチップ用エプロン、合成ドラッグのモーリーの小壜が入った煙草《たばこ》の箱。

チャステインが現在、捜査の焦点になっているというロジャーズ・カーの言葉に基づいて、バラードはチャステインがなにをたくらんでいたのだろう、と思った。強盗殺人課から隠しておきたかったものがこの袋のなかのなにかなのか？　ハデルの携帯電話のなかにあるなにかなのか？　それともチャステインはなにかを取っていったのか？

簡単な答えはなかった。バラードは袋の上の隅をつかみ、カウンターの上でひっくり返し、反対側から中身を確かめられるようにした。すぐに以前はそこになかった名刺が、煙草の箱のセロファン包装紙のなかに差しこまれているのに気づいた。それはチャステインのロス市警での名刺だった。

バラードは壁に付いているラテックス製手袋ディスペンサーのところにいって、一組抜き取った。手袋をはめ、証拠袋に戻る。封印を切り、煙草に手を伸ばす。箱を取り除いて、じっくり眺めてから、名刺を滑りださせた。煙草の箱のセロファンの下に入れられていたときには見えなかった側の名刺の面にひとつの名前が書かれていた。

エリック・ヒッグズ
VMD

バラードはその名前に見覚えがなく、VMDというイニシャルの意味も知らなかった。名刺をかたわらに置き、煙草箱をあけた。ガラスの小壜はまだそこにあり、半分まで入っているように見えた——バラードが発見したときとおなじだった。

ほかになにかが、変更をほどこされた形跡があるものとして目につくものがあるかどうか、すべてを確認することにした。携帯電話はいまでは役に立たなくなっていた。とっくに電池の残量がなくなっていた。チップ用エプロンを次にひらき、以前と中身がおなじ様子であることを確認した。紙幣の束、さらなる煙草、ライター、小さなメモ帳。金を取りだし、数えた。一ドルもなくなっていない。チャスティンがなにをたくらんでいたのかを示す手がかりはなかった。

バラードは自分の携帯電話を取りだした。手袋を外し、エリック・ヒッグズと入力し、その名前を検索エンジンで調べた。さまざまな検索結果が返ってきた。画家、カレッジのフットボール選手、カリフォルニア大学アーヴァイン校の化学専攻教授、ほかにも何人も。だが、その名前の人物のだれも、なんらかのレベルで重要だとはバラードには思えなかった。

次に検索エンジンにＶＭＤを入れてみたところ、無数の結果が返ってきた。ヴィジュアル分子力学、獣医学研究局、ベクトル中間子支配。そのリストのいちばん下のほうに、真空金属蒸着《ヴァキューム・メタル・ディポジション》という言葉を見、その下に書かれた説明にグッと関心を惹かれた。

非常に薄い金属被膜で証拠をコーティングする物理的処理……

バラードはそのプロセスについてなにかで読んだことを思いだした。その論文のリンクをクリックして、読みはじめた。ＶＭＤは、鑑識科学の技術で、低い圧力の環境下で証拠に金と亜鉛を塗布することで、通常は非常に多孔質で指紋を採取できないと見なされている物質や素材に遺留指紋を浮かび上がらせるものだった。その処理は、プラスチックや模様の描かれた金属、一部の織物《おりもの》への応用で成功を収めていた。

その論文は二年まえに書かれていたもので、フォレンシック・タイムズという名のウェブサイトに掲載されていた。その論文では、この技術は複雑で、金と亜鉛という高価な金属は言うまでもなく、かなりの大きさの圧力容器やその他の設備を必要としていると書かれていた。それゆえ、その研究と応用は、主に大学レベルやプライベートの科学捜査ラボで実行されていた。論文の書かれた時点では、ＦＢＩあるいは米国の主要な大都市警察でも、ＶＭＤ検査室を持っているところはなく、そのことが刑事事件で法執行機関がこの技術を利用することを阻害している、と書かれていた。

論文にはＶＭＤ応用が提供されたり、研究されたりしている少数のプライベート・ラボと大学が並べられていた。そのなかに、ＵＣアーヴァイン校があった。バラードはチャスティンが名刺に書いていたエリック・ヒッグズなる人物は化学専攻教授のことだと判断した。

バラードは、すばやくシンシア・ハデルの所持品を全部茶色の紙袋に詰め直し、カウンターのディスペンサーから切り取ったテープで再度封をした。そののち、紙袋を刑事部へ運び、そこでヒッグズ教授を追跡する作業に取りかかった。

二十分後、ＵＣ大学警察のおかげで、当該教授が所属しているラボに電話をかけることができた。バラードは電話に出た声を聞いて、教授であるには若すぎると判断した。

「ヒッグズ教授を探しています」

「帰りました」

「きょうは、ということですか？」

「ええ、きょうは」

「そちらはどなたですか？」

「えーっと、そちらはどなた？」

「ロサンジェルス市警察のバラード刑事です。ヒッグズ教授に連絡を取るのが非常に重要なんです。協力していただけますか？」

「えーっと、ぼくは……」

「そちらのお名前は？」

「あー、スティーヴ・スティルウェルです。ラボの院生なんです」

「そちらはＶＭＤラボですか？」

「まあ、正確には、ＶＭＤラボという名ではないんですが。ですが、その装置はここにあります、はい」

バラードはそれを確認してますます昂奮した。

「ヒッグズ教授の携帯電話番号をご存知ですか、あるいはなにか彼に連絡を取る方法を？」

「教授の携帯電話番号は知ってます。お伝えできますが……それをしていいのかどうか、よくわかりません」

「スティルウェルさん、わたしは殺人事件捜査の件で電話しています。おわかりですか？　わたしにその電話番号を教えていただくか、あるいはヒッグズ教授に電話をかけて、番号をわたしに伝える許可を取ってください。どちらかを大至急おこなっていただかねばなりません」

「わかりました、わかりました、番号を知らせます。でもこの電話で調べないとならないので、あなたがなにか言っても聞こえなくなると思います」

「いいから急いで、スティルウェルさん」

バラードは待っているあいだジリジリとして自分を抑えられなかった。スティルウェルが自分の携帯電話から番号を手に入れようとしているあいだ、立ち上がり、刑事部屋の通路をいったりきたりしはじめた。ようやく自分の携帯電話画面で読み取ったスティルウェルは、番号を読み上げはじめた。バラードはワークステーションに駆け戻り、番号を書き取った。スティルウェルが携帯電話を口元に持っていき、「聞こえました？」と言った瞬間、バラードはその通話を切った。

バラードがいま書き取った番号に電話をかけると、一回の呼びだし音だけで、男性が電話に出た。

「ヒッグズ教授？」

「はい」

「わたしの名前はバラードです。ロサンジェルス市警察の刑事です」

長い間があって、相手は反応した。

「きみはケン・チャステインといっしょに働いていたんだね？」

バラードは純粋なエネルギーの塊が胸を駆け抜けるのを感じた。

「はい、そうです」

「きみから電話があるかもしれないと思っていた。自分の身になにかあったら、きみを信用するようにと彼は言ってたんだ」

38

ひどい渋滞のなか、オレンジ郡のアーヴァインまでいくのは、大変なドライブになった。ヒッグズ教授は学校へ戻り、ラボでバラードと会うことに同意してくれた。道中、バラードはいま追いかけている手がかりについて考えた。ケン・チャスティンはバラードに見つけてもらうためにきわめて意図的に手がかりを残したのだ。自分が危険な立場に置かれていることを知っていて、もし自分の身になにかがあったときに起動する予備の計画を持っていたのだ。バラードがその計画だった。ハデルの所持品をバラードに宛名を書き換えることで、チャスティンは週末が過ぎたあとでバラードがそれを受け取り、ヒッグズ教授に繋がる手がかりを見つけてくれるように保険をかけていた。

ようやくUCアーヴァイン校に到着すると、バラードはヒッグズに二度電話をして、自然科学ビルまでの行き方を確認しなければならなかった。そこの四階にヒッグズはいた。

そのビルはバラードが入ると、無人のように見え、ヒッグズは彼のラボにひとりでいた。彼は背が高く、ひょろっとした体型で、バラードが予想していたよりも若かった。ヒッグズは温かくバラードに挨拶し、重たい荷物や懸念を取り除けてホッとしているようだった。

「知らなかったんです」ヒッグズは言った。「とても忙しすぎて、新聞を読んだり、TVを見る暇がなかった。きのうまでなにが起こったのか知らなかったんです。彼がくれた電話番号にかけたところ、彼の奥さんに言われました。じつに恐ろしい出来事であり、これがそれになにも関係ないことを神に祈ります」

ヒッグズはラボの奥を身振りで示し、そこには洗濯乾燥機を縦に重ねたほどの大きさの鋼鉄製圧力タンクがあった。

「それを突き止めようとしてここに来ました」バラードは言った。「彼の奥さんと話をしたんですか？」

「はい、彼女が電話に出ました」ヒッグズは言った。「彼女がなにがあったのか話してくれ、ぼくはショックに打ちひしがれました」

チャステインは自宅の電話番号をヒッグズに伝えたということだ。オフィスの固定電話番号でも、自分の携帯電話番号でもなく。これはバラードには重要なことだった。これもあらたな示唆だ——事件現場での彼の行動や、ハデルの証拠の扱い方同様——チャステインは、少なくとも〈ダンサーズ〉での自分の行動の一部を水面下に沈め、通常の方法では追跡できないようにしていた。

「腰を下ろして話ができる場所がありますか？」バラードは訊いた。

「ええ、ぼくのオフィスがあります」ヒッグズは言った。「ついてきてください」

ヒッグズは先に立って、総合ラボのなかにある一連の繋がり合っているラボを通り、せいぜい机一脚と来客用椅子一脚をおさめられるくらいの大きさしかない小さな散らかったオフィスにバラードを案内した。ふたりは腰を下ろし、バラードはチャステインと教授の交流の話を最初からしてくれるよう頼んだ。

「つまり、最初の事件に戻ってということですか？」ヒッグズは訊いた。

「そう思います」バラードは言った。「最初の事件というのはどんなものです？」

「まあ、ぼくがチャステイン刑事とはじめて話をしたのは、二年ほどまえ彼がぼくに電話をかけてきたときです。ジャーナル・オブ・フォレンシック・サイエンスかなにか——どれに載ったのか思いだせないんです——に載ったVMDのことを読んだと言い、その処理でバスケットボールから指紋を採取できるかどうか、知りたがったんです」

ヒッグズの話はバラードにはすでに真実味があるとビンビン伝わってきていた。チャステインのパートナーだった時代から、彼が科学捜査や訊問《じんもん》、法手続きの進歩と技術に後れを取らずにいることを誇りに思っているのをバラードは知っていた。ほかの刑事のなかには、本務外の読書のせいで、チャステインに〝学者先生〟とあだ名をつけた者もいたくらいだった。チャステインにとって、証拠に関する疑問を抱いたとき、電話を手に取り、科学者に連絡するのは、格別のことではなかった。

「なんの事件だったか、チャステインは言いましたか？」バラードは訊いた。

「ええ、校庭での発砲事件でした」ヒッグズは言った。「ふたりの生徒がワンオンワン・ゲームの最中に口論になり、ひとりの生徒がコートの横に置いていたバックパックから銃を取りだし、対戦相手を撃ったんです。で、チャステイン刑事は、発砲犯がバスケットボールに指紋を残したにちがいないと考えたんです。犯人がそのボールで遊んでいたから。ですが、警察のラボは、指紋を採取できなかったんです。バスケットボールはゴム製で、穴があき、小さなくぼみがついており、多孔性の表面をしていたからです。チャステイン刑事はぼくにやってみてくれと頼んできました」

「で、どうなりました？」

「ぼくは難しい課題が好きなんです。そのバスケットボールをここに持ってきてくれと彼に言いました。で、ぼくらはやってみたんですが、役に立つようなものはなにも手に入れられなかったんです。つまり、あちこちについた指紋の縁部分は手に入ったんですが、それをチャステイン刑事が持ち帰って遺留指紋アーカイブに通せるほどのものはなかったんです」

「で、それからどうなりました？」

「まあ、それはそこで終わっていたんです。先週彼が電話してきて、指紋を採取してもらいたいものを送ってもいいかと訊かれるまで」

「それはなんですか？」

「チャステイン刑事は、親指ボタンと呼んでいました」

「その電話がかかってきたのは正確にいつのことです？」

「金曜日の早くにです。ぼくは車に乗ってここへ向かっていました。彼がぼくの携帯電話にかけてきたんです。もし正確な時刻を知りたいのであれば、ぼくの履歴を確認できますが」

「もしよろしければ」

「いいですよ」

ヒッグズはポケットから携帯電話を取りだし、通話履歴を呼びだした。通話履歴をスクロールしていき、金曜日の早朝まで戻る。

「さあ、これだ」ヒッグズは言った。「午前七時四十一分にかかってきてます」

「その番号を見せてもらえますか？」バラードは頼んだ。

ヒッグズは電話を机越しに掲げて見せ、バラードは身を乗りだして画面を見た。その番号は、２１３（９７２）２９７１だった。バラードはそれがチャスティンの携帯番号ではないのを知っていた。それはハリウッド分署の代表番号だった。チャスティンは保管室の固定電話を使って、ヒッグズに連絡していた。おなじ時刻に彼はシンシア・ハデルの所持品が入った証拠袋を調べていた。

「電話をかけてきたとき、チャスティンは正確になにをあなたに頼んだんですか？」バラードは訊いた。

「大きな事件の緊急事態に対処しているところだと言いました」ヒッグズは言った。「そして十セント硬貨くらい小さなものにＶＭＤをして、指紋をそれから採取できるだろうか、と知りたがったんです」

「で、あなたは彼になんと答えました？」

「そうですね、まず話題にしているものの素材はなんだろうと訊いたところ、金属のボタンで、印刷があるため、表面は平らではない、と言いました。できるだけやってみる、とぼくは彼に言いました。まえに彼に言ったことがあるんです、ぼくは実際に十セント硬貨から指紋を採取した、と。ルーズベルトのあごのところから。すると、彼はそれを送ると言い、この件で自分以外と話をしちゃいけないと告げました」

〈ダンサーズ〉での大量殺人事件から八時間も経っていない金曜日の朝七時四十一分までに、チャステインは警察の関与があるとすでに知っているか、少なくとも疑っていたのは、バラードには明白だった。疑念を隠し、自分を守る方策をチャステインは取った——自分の電話ではなく分署の固定電話を使ってヒッグズに連絡を取り、ヒッグズの名前を裏に書いた自分の名刺が入っている証拠袋を残した。

「で、彼はそれをあなたに郵便で送るか、宅配便で送ったんですか？」バラードは訊いた。

「郵便で。土曜日に配達証明付き郵便で届きました」ヒッグズは言った。

「ひょっとして、そのときの小包をまだお持ちですか？」

バラードは証拠品の送付追跡調査を書類で確認することを考えていた。もし裁判になれば重要なものになりえた。ヒッグズは一瞬考えてから首を横に振った。

「いや、ゴミ箱に捨ててしまった。清掃業者が土曜日の夜にここを掃除するんです」

「で、そのボタンはどこにあります？」

「取ってきましょう。すぐに戻ります」

ヒッグズは立ち上がり、オフィスを出ていった。バラードは待った。ラボのひきだしがあけられ、閉められる音が聞こえ、教授が戻ってきた。彼は小さな証拠保管用のビニール袋をバラードに手渡した。袋のなかには、小さな黒いキャップのように見えるものが入っており、縁の内側にネジ山があった。

バラードはそれが金曜日の早朝に事件現場でちらっと見た、チャステインとともにあった袋と物体であると確信した。チャステインはあきらかにそれがなんであるのか認識し、その重要性を知っていたのだ。

バラードは袋を回転させて、その物体を詳しく見ようとした。実際には十セント硬貨よりわずかに小さく、平らな上の部分にはひとつの単語が刻印されていた。

Lawmaster

バラードには見覚えのある単語だったが、すぐに思い浮かばなかった。携帯電話を取りだし、その単語を検索エンジンに放りこんだ。

「それにはメモが付いていました」ヒッグズは言った。「小包のなかに。もしなにかがあったら、レネイ・バラードを信用しろ、と書かれていました。それできみが電話をかけてきたとき――」

「まだそのメモをお持ちですか？」バラードは訊いた。

「えーっと、持っていると思います。ここいらのどこかに。探さないといけないでしょうが、捨ててないとわかっています」

「もし見つけられたら、見たいです」

バラードが検索ボタンを押すと、その単語で二件の該当があった。〝ローマスター〟は、コミック・ブックや映画のシリーズで、ジャッジ・ドレッドが使っているバイクの名前だった。また、法執行コミュニティ向けの革製備品ベルトやホルスターを製造している会社でもあった。

バラードは会社のウェブサイトに飛ぶリンクをクリックしながら、そのブランドを思いだしていた。ローマスターは、革製ホルスターに特化したもので、とりわけショルダー・ホルスター製品が市警のなかで拳銃使いたち《ガンスリンガー》――機能よりも形を重視し、マッチョさに欠ける尻ホルスターの、シンプルな使いやすさと快適さよりも、背中で交差する革ストラップの不便さを喜んで採用する、テストステロンに強化された突撃者たち——に好まれていた。

　そうしたガンスリンガーの大半は、鏡で自分たちの様子を確認したり、あるいは事件現場で自分たちだけでなく野次馬に印象づけたりする機会をけっして逃さない若い有望新人だった。とはいえ、ガンスリンガーの見た目を好む、古い流派のカウボーイたちもいた。そしてバラードはロバート・オリバス警部補がその一員だと知っていた。

　ウェブサイトにはさまざまなショルダー・ホルスターが掲載されており、バラードは片方の腕の下に銃、反対側の腕の下にふたつの弾倉を収めるようになっている製品をクリックした。そこに伴ってでてきた写真を拡大し、ホルスターの職人技をしげしげと見つめた。利用者に合わせたフィットをさせ、楽にアクセスできる角度に武器を収める調整箇所がそのホルスターにはいくつかあるのをバラードは見た。そうした調整箇所は、浅いネジとネジ溝のある黒いキャップで留めるようになっていた。キャップにはローマスターのロゴが刻印されていた。

　連鎖反応が起こった瞬間だった。捜査のすべての細部がひとつにまとまった。このときバラードは、チャステインが知っていることを知り、事件現場から証拠をこっそり採取し、分析しようとし、遠くから安全措置を講じようとした彼の動きを理解した。

バラードはローマスターのキャップが入っているビニール袋を掲げ持った。

「ヒッグズ教授、これから指紋を採取できましたか？」

「はい、できました。一個、はっきりとした指紋を手に入れました」

39

　バラードは水曜日の夜、ふたたびミヤコ・ホテルに泊まり、眠るまえにルームサービスでスシを夕食に取った。入れ替える必要なくもう一日分の服をバッグに入れており、翌朝、すぐ近くのパイパー・テクニカル・センターに車を走らせた。そこはロス市警の航空隊があるだけではなく、遺留指紋課の本拠でもあった。

　任務について数年以上経ったすべての刑事は、それぞれの科学捜査分野のなかで、臨時の依頼をするときや、順番待ちの列を跳び越えることが必要な場合、頼りになる技師を獲得する。一部の科学捜査分野は、いろいろな犯罪にかなり共通しているものであるため、ほかの分野よりはるかに重要である。指紋は、あらゆる事件現場で普通に発見されるものであることから、遺留指紋課は、全科学捜査の砂箱のなかでコネを持つのがもっとも重要な場所だった。バラードが頼りにしているのは、ポリー・スタンフィールドという名の技師長だった。

五年まえ、バラードとスタンフィールドは、三件の別々の強姦《ごうかん》殺人事件を結ぶ指紋がある厄介な事件に取りくんだ。個々の現場で採取された指紋が一致したものの、スタンフィールドは、世界じゅうの指紋記録を収めているさまざまなデータベースに当たったが、合致するものを見つけられなかった。スタンフィールドが、ヴァレー地区の地理的に殺人事件の中心にあった大規模共同住宅群の賃貸申請データベースにこっそりアクセスしたとき、ふたりの女性の執拗《しつよう》な努力が実を結んで逮捕に繋がった。その共同住宅の賃借人は、申請の際に指紋提出を求められていたが、それに対してなにかがおこなわれることはなかった。たんに犯罪歴に関して嘘をつくかもしれない申し込み者への牽制《けんせい》手段だった。いったんスタンフィールドの作業が容疑者を突き止めると、バラードと当時のパートナーのチャステインは、スタンフィールドの共同住宅賃貸申請データベースのハッキングをおおやけにしないよう、容疑者の名前を浮かび上がらせるほかの方法を探さなければならなかった。ロス市警の犯罪通報ダイヤルに容疑者の身元を明らかにする匿名通報を使い捨て携帯電話でおこなうという絶対確実な手段にふたりは訴えた。

離婚に際してバラードはスタンフィールドを手に入れた。すなわち、バラードとチャステインがパートナーの関係を解消したとき、市警と関連する機関のたいていの人間は、どちらに付くかを選択した。スタンフィールドは、法執行機関での長いキャリアのなかで、バラードと同様、過剰に暴力的な男たちとセクシャル・ハラスメントに出合ってきたことから、バラードの側に付いた。

バラードはスタンフィールドが七時から四時まで働いているのを知っており、午前六時五十五分には、遺留指紋課の戸口に、ラテをふたつ持って、立っていた。ふたりの女性のあいだの事前の電話連絡で、おこなう必要があることの基礎情報は伝えており、スタンフィールドはバラードの出現あるいは砂糖たっぷりのラテに驚かなかった。特注のラテだった。

「あなたが手に入れたものを見てみよう」挨拶代わりにスタンフィールドは言った。

技師長として、スタンフィールドは、小さくて狭苦しいオフィスを持っていたが、大半のほかの指紋担当技師たちが手に入れている、オープンタイプの作業区画よりはずっとよかった。スタンフィールドはバラードが持ちこむものへの対処の仕方を熟知していた。ＶＭＤ処理で、ホルスターのキャップの表面の指紋が一時的に判別可能になっていた。そののち、ヒッグズ教授によって、斜めから照明を当てて、撮影されていた。

バラードがスタンフィールドに持ってきたのは、親指の指紋の写真だった。

スタンフィールドは拡大鏡を使って作業を開始し、写真を詳細に調べ、利用可能な指紋であることを確認した。

「この親指はじつにいいね」スタンフィールドは言った。「なにがいいって、鮮明な隆起線がある。だけど、ちょっと時間がかかるよ。スキャンして、トレースする作業になる」

それは、ずっとバラードに肩越しに見ていられたくないことをそれとなくではなくはっきりと伝えるスタンフィールドなりの言い方だった。コンピュータで写真をスキャンし、親指の指紋の線や渦巻きをトレースするプログラムを使っての単調な作業を経なければ、自動指紋検索システム《AFIS》で調べられる鮮明な指紋を入手できなかった。AFISのデータバンクには七千万以上の指紋が登録されていた。指紋を送りこめば即座に結果が出るものではなかった。そして結果が出たとしても、単一のものではない場合がしばしばあった。検索で複数のよく似た指紋が吐きだされ、指紋技師が顕微鏡下で最終的な比較をおこなって、合致しているものがあるかどうかの最終判断をする必要があった。

「いったんここを離れて、戻ってくればいいかな？」バラードは訊いた。「どれくらい？」

「少なくとも二時間は欲しいね」スタンフィールドは言った。「もっと早く結果を手に入れたら、連絡する」

バラードは立ち上がった。

「わかった、でも、覚えておいて」バラードは言った。「これを秘密にしておくことを。なんの事件なのか、あるいはあなたがなにをやっているのか、だれにも言わないで。そして、合致が見つかったら、わたしだけに話して」

スタンフィールドは拡大鏡をラボのテーブルに下ろし、バラードを見た。

「わたしを怖がらせようとしているの？」スタンフィールドは訊いた。

「いいえ、でも、用心してもらいたい。もし名前をあなたが手にいれ、それがわたしの考えている名前だったら、わたしがなにを言っているか、あなたにもわかると思う」

バラードはこの作業に先立って、スタンフィールドに自分の捜査の見立てを共有させたくなかった。指紋がだれのものと一致するかについて、先入観でスタンフィールドの結論に影響を与えたくなかった。

「ほんとに嫌だな」スタンフィールドは言った。「まあ、とにかくありがと、レネイ。わたしはここで働いているのがほんとに好きなんだ」

「そんなに大げさにならないで」バラードは言った。「手に入ったものがなにかわかったら、連絡して。すぐに戻ってくるから」

40

バラードは待ち時間を使って、パイパー・テクニカル・センターの裏手にある指紋採取用車庫に歩いていった。押収され、指紋採取がおこなわれた車両を市民が引き取ろうとすると、どういう目に遭うのかよく知っていたので、バラードはＦＩＤがヴァンを手放す書類作業の遅れをなかば予想していた。だが、ヴァンはいつでも出ていけるようになっていた。しかしながら、ヴァンの状態についての予想は外れなかった。

最初の手がかりは運転席側のドアのハンドルだった。まだ指紋採取用の黒い粉で汚れていた。バラードはドアをあけ、運転席も黒い粉がたっぷりふりかけられているのを見た。この黒い粉は衣服を台無しにし、家庭での車洗浄では取り除けないのを事件現場の経験から知っていた。車庫の事務所に戻り、ヴァンを運転可能な状態に戻すよう腹立たしげに要求した。その要求は車庫の管理者から見下した視線を向けられる結果になったが、バラードがバッジを取りだすと態度が変わった。管理者はふたりの整備工を強力掃除機とペーパータオルのロールと、工業用強力洗浄剤とともにヴァンに向かわせた。

バラードはそばに立ち、作業を監視し、彼らが処理し残した箇所を逐一指摘した。

一時間後、バラードはポリー・スタンフィールドに電話をかけようと考えたが、そんなことをしても彼女を煩わせるだけだとわかった。その代わり、ハリウッド分署の刑事部の様子を窺うことにして、マカダムズ警部補の直通電話番号にかけた。

「バラード、起きてなにをしてるんだ？」マカダムズは訊いた。「きみをスケジュールに戻すのは今夜だぞ」

「出勤しますよ、警部補、心配しないでください」バラードは言った。「たんに様子を窺っているだけです。分署でなにが起こってます？」

「いまのところ入ってきたのは、連邦警察の協力要請だけだ。バットケイブに閉じこもったどこかのアホを逮捕チームが取り囲んでいる」

バットケイブというのは、一九六〇年代のバットマンのTV番組撮影で利用されたブロンスン・キャニオンにある洞窟のことだった。

「連邦警察はそいつをなんで逮捕したいんですか？」

「テキサスでの二重殺人の容疑でだ。二年まえ、装甲車のふたりの警備員を殺して、ここへ逃げてきたんだ」

「われわれはなにをしています？」

「野次馬の相手と交通整理だ」

バラードはそれがコンプトンといっしょにビビらせた男だとわかった。もし無事バットケイブでそいつを逮捕できたなら、自分は連邦警察からのしっぺ返しなしで逃げられるだろうか、とバラードは考えた。すると、携帯電話に割り込み電話がかかっているという呼びだし音が聞こえた。確かめてみると、スタンフィールドからだった。

「警部補、電話がかかってきました。切ります」

「オーケイ、バラード、出るがいい」

バラードは警部補との通話を切り、切り換えた。

「ポリー？」

「親指で該当するものがあった。警官だった。あなたはいったいなににわたしを巻きこんでくれたの、レネイ？」

41

バラードは連邦刑務所であるメトロポリタン・ディテンション・センターの取調室から外へ足を踏みだし、幅広い廊下を渡って、コントロール・センターに入った。取調室の様子をモニターで見る。オリバス警部補が、頭上カメラの真向かいの位置で椅子に座っていた。両腕は背中にまわされ、拘束時の位置に置かれていた。オリバスはバラードが自分を見ているのを知っており、頭をのけぞらせた。カメラをにらみつける。

バラードは携帯電話を掲げ、モニターの写真を撮った。それからその写真をロジャーズ・カーにメッセージを付けて送った。

あなたの協力が要る。彼はわたしには話そうとしないの。

予想どおり、カーから反応が返ってくるまで長くはかからなかった。

なんてこった？！！！　きみはどこにいる？

バラードの返信は簡潔だった。ショートメッセージでの議論に興味はなかった。カーに刑務所に来てもらう必要があった。

メトロポリタン《M》・ディテンション《D》・センター《C》。来る？　彼に自白させたい。

返信はなかった。数分がダラダラと過ぎ、カーは自分がいくべきかどうか、おのれのキャリアと、高く評価されている警部補の逮捕の試みに巻きこまれて市警内の恨みを買うリスクを冒すべきかどうか、自問しているのだろう、とバラードにはわかった。バラードはカーを説得するため、もう一度試してみた。

わたしは証拠を摑んでいる。

さらに一分が過ぎた。一時間のように感じられた。すると、カーが返信してきた。

これから向かうよ。

バラードは自分が息を止めていたのに気づいた。安堵《あんど》の思いで息を吐き、画面をモニターしているふたりの職員のほうを向き、カーがこちらに向かっている、と伝えた。

十五分後、カーの到着が伝えられ、彼が廊下に入ってきたときもバラードは、まだコントロール・センターにいた。カーを出迎えるため、部屋の外に出た。カーの額には薄く汗が浮いていた。それは、彼が三ブロックを徒歩でやってきたことを示していた。ショートメッセージでのやりとりのあと、カーは躊躇せず市警本部ビルを出たにちがいない。カーは、A取調室のドアについた四角い窓を覗きこんで、オリバスを見た。まるで、自分が見たものを受け入れられないかのように急いで顔を背けた。カーはバラードを注視し、低い、抑制のきいた声で話しかけた。

「いったいなにごとだ、バラード？　どうやって彼をここに来させた？」

「わたしが彼を市警本部ビルから誘いだしたの。自白する用意ができている人間がこここにいると伝えて」

「で、きみは彼を逮捕したのか？　どんな証拠に基づいて？」

カーは証拠という単語をひどく大きな声で口にした。ほぼ金切り声に近い声で。片手を口に押し当て、コントロール・センターの職員たちの様子を確認すると、今度は囁《ささや》き声《ごえ》まで小さくした。

「いいかい、きみは早く動きすぎている」カーは言った。「おれが手にしているものは全部、チャステインを指しており、オリバスを指してはいない。強盗殺人課の警部補を指したりしていないいんだ。きみは自分がここでなにをしているのかわかっているのか？　きみは自分のキャリアにとって自殺行為をしているんだぞ。いますぐこれを止めなければならない」

「止められない」バラードは言った。「チャステインじゃないのはわかっているの。彼は犯人が警官だとわかっていたので、対策を講じていた。だからオリバスはチャステインを殺したの」

「どんな対策だ？　バラード、きみはどんな証拠を持っているんだ？　きみは自分とオリバスの問題を今回の事件に関わらせて――」

「ケニーは〈ダンサーズ〉の事件現場から証拠を取ったの。犯人が警察官である証拠を」

「いったいきみはなにを言ってるんだ？　彼はなにを取ったんだ？」

「発砲犯が銃を抜いた際にホルスターから外れ落ちたもの。わたしはその場にいた。ケニーがそれを取るのを見たの。それと盗聴器――彼は犯人が警察官だとわかったのよ」

カーは考えをまとめようとして一瞬あらぬかたを見つめた。それからまえのめりになって、バラードに体を近寄せた。

「聞いてくれ。きみが見たのは、チャステインが自分自身の痕跡を隠そうとしていた行為だ。彼が発砲犯であり、きみは信じられないほどのヘマをやってしまった。いまからおれはあそこに入り、オリバスと話をする。おれがこれを救済し、きみの仕事を守ってみせる」

カーはコントロール・センターの警察官たちのひとりに合図をし、ドアのロックを外させた。それからバラードに再度視線を向ける。

「もしきみの運がよければ、ボードウォークを白バイで巡邏《じゅんら》することになるだろう」カーは言った。「だけど、少なくともきみはまだバッジを失わずにすむ」

「わかってないな」バラードは抗議をした。「証拠があるの。わたしには――」

「おれはそれを聞きたくない」そう言って、カーはバラードの言葉をさえぎった。「なかに入る」

刑務所職員が小さなロッカーが並んでいる壁の設備に歩いていった。彼はロッカーをあけ、錠から鍵を外した。

「オーケイ、ここに武器を入れてもらう必要があります」職員は言った。「携帯している銃、予備の銃、ナイフ、すべてを」

カーは近づいて、持っている武器をそれぞれロッカーに置いた。ホルスターに入れていた銃をベルトから抜き、尻ポケットから折りたたみ式ナイフを抜き取る。壁に片手を押し当てて、右脚を持ち上げ、ズボンの折り返しを引き上げると、予備の銃を入れているアンクル・ホルスターを外した。刑務所職員は壁のロッカーを閉じ、錠を締めると、カーに鍵を手渡した。鍵には伸縮性のあるゴムが付いており、カーはそれを手首に巻きつけた。そののち、バラードを見る。

「今回の件できみと一蓮托生《いちれんたくしよう》にならないことを心から願っているよ」

職員が取調室のドアをあけ、うしろに下がり、カーをなかへ通した。カーは敷居を通り、オリバスの座っているテーブルに近づいた。

バラードがカーのあとにつづき、刑務所職員がドアを閉め、彼らを部屋に閉じこめた。

カーはバラードが背後に来ているのを悟って、振り返ろうとした。

「てっきりきみは——」

バラードはカーの右腕を摑み、ポリス・アカデミーで教わり、長く練習してきた動きで、自分の左肩を相手の左肩にぶつけながら、右腕を背中にグイッと回させた。カーは空の椅子とテーブルに向かってまえにつんのめった。同時にオリバスが椅子から勢いよく立ち上がり、両手に手錠がかかっていないことを明らかにすると、カーをテーブルにうつぶせに押さえつけた。

オリバスは全体重をカーにかけ、バラードはベルトから手錠を外して、カーの両方の手首にかけた。

「確保」バラードは叫んだ。

するとオリバスがカーをテーブルの上に完全に引きずり上げ、それまで自分が座っていた椅子に叩きつけた。オリバスはカーの上着の襟首を両手で摑むと、引っ張り上げ、座る姿勢を取らせた。そののち肩越しに親指を部屋の上隅に向かって高く掲げた。

「カメラに向かってほほ笑め、カー」オリバスは言った。

「いったいこれはなんだ？」カーは問いかけた。

「あなたから武器を取り上げる必要があったの」バラードは言った。

カーはすべてにピンと来た様子だった。カーは首を横に振った。

「わかった、わかった」カーは言った。「だけど、きみは誤解している。こんなことできるわけがない」

「いいや、われわれはできるんだ」オリバスが言った。「おまえの武器を調べる令状を取っている」

「きょうは腰ホルスターをつけています」バラードが言った。

オリバスがうなずいた。

「もちろんそうだな」オリバスは言った。「ショルダー・ホルスターは、こいつがなくしたスクリュー・キャップがないとバラバラになってしまう」

「聞いてくれ」カーは言った。「あんたたちがなにを持っていると思っているのかわからないが、相応の理由を持っていないだろ。あんたたちは完全に――」

「われわれが持っているのは、おまえのホルスターから外れたキャップに付着していたおまえの親指指紋だ」オリバスは言った。「おまえがあの事件現場の近くにはいなかったはずなのに、どうしてそんなものが現場に出現したんだ？」

「馬鹿げてる」カーは言った。「あんたたちはなにひとつ持っていないはずだ」

「おまえの銃の条痕検査ができるくらいの証拠は持っているよ」オリバスは言った。「それが一致すれば、通りを横断して地区検事局に走っていけるほど充分な証拠になるだろう」

「そして、それがあんたにとってのさよなら《アディオス》になるんだよ、マザーファッカー」バラードは付け加えた。

「警官であることがおまえの不利に働いたのは、奇妙なことだな」オリバスは言った。「たいていの連中は凶器を処分しようとする。だが、職務で登録されている場合は、それをしがたい。上司のところにいき、銃を二挺紛失しましたと言うのは大変だ。だから、おまえは両方とも持ったままで、自分は逃れられると思っていたということにおれは賭けた」

カーはことのなりゆきにショックを受けている様子だった。オリバスが身を乗りだし、テーブルに両手をつくと、ミランダ警告を読み上げた。カーに権利を理解したかと訊ねたが、刑事はその質問を無視した。

「これはまちがっている」カーは言った。「これはでっち上げだ」

「あんたはチャスティンを殺した」バラードは言った。

「あんたが全員を殺したんだ」

バラードは体を強ばらせてテーブルに近づいた。オリバスは、カーに飛びかからんばかりのバラードの行く手を遮ろうとしているかのように腕を突きだした。

「あんたはホルスターのボタンをなくしたのをわかっていた」バラードは言った。「特捜班にアクセスする手段をあんたは持っていて、証拠報告書を確認した。そこに載っていなかった。そのとき、あんたはだれかが記録に残らないようにしているのだと知ったんだ。犯人が警官だと知っているだれかが」

「おまえは頭がおかしい、バラード」カーは言った。「すぐに全世界がそれを知るようになるだろう」

「どうやってそれがケニーだとわかったの？」バラードは言った。「なぜなら、彼は警部補のゴールデン・ボーイだったから？　そのことを記録に残さないリスクを冒せる唯一の人間だったから？　それとも、そんなことどうでもよかった？　チャステインが92Fを携行して、借金があると知ったので、あなたにとってカモにすぎなかった？　一切合切チャステインにおっかぶせることができるとたんに判断した？」

カーは答えなかった。

「われわれが突き止めてみせる」バラードは言った。「わたしが突き止めてみせる」

バラードは後ろに下がり、冷酷な、差し迫った現実がカーに降りかかり、分厚い黒い毛布のように彼を覆うのを見つめた。バラードはカーが自信たっぷりの状態から危機へ落ちていくのを、舌先三寸でこの部屋を出ていけると思っていたのが、けっして日の光を浴びることはできないというヴィジョンに変わるのを、カーの表情を見てわかった。

「弁護士を要求する」カーは言った。

「きっとそうするだろうと思った」バラードは言った。

42

　この日二度目になるが、バラードは証拠の分析に立ち会った。火器条痕検査課に頼りとする人間は必要なかった。これはロス市警警察官の殺害に関わっている事件であり、自動的にどんな列でも先頭に持っていかれた。それを確実にするため、オリバスは事前に連絡を入れ、緊急であることを充分強調しておいた。C・P・メドレという名の条痕検査専門家がバラードの到着を待っていることになった。

　バラードがカーから押収した銃と共に持参した、カーを打ちのめすために用いる地区検事局の証拠一式は、検事局が吹聴するほど強力なものではないのが、冷たい真実だった。VMD処理は、科学捜査の手続きとしてめったに利用されることがなく、この事件の場合、警察ラボのまったく外で扱われており、どんな刑事弁護士であれ、異議申し立てが得意であれば、激しい攻撃を仕掛けてくるだろう。

刑事さん、あなたはここにおられる陪審員に、証拠のかかる重要な検査が、大学の化学ラボの学生によっておこなわれた、と話しているのですか？　そのいわゆる証拠が、事件現場から文字どおり盗まれ、フェデックスでその大学のラボに送られたということをわれわれが信じるとでもお思いですか？

加えて厄介なのは、証拠の一貫性の問題だ。容疑者の指紋が付いている重要証拠は、文書に記載されることなく事件現場からこっそり持ち去られていた。チャステインはいまや亡くなっており、ホルスター・ボタンが現場にあったことを証言できる唯一の証人はバラードだった。市警とのあいだのバラードの個人的な経歴とその信頼性も辛辣な攻撃対象にされるだろう。

要するに、もっと証拠が必要だった。カーから押収した銃のどちらかが〈ダンサーズ〉発砲事件あるいはチャステイン銃撃のどちらかと合致するなら、この立証は、サンタモニカ山脈とおなじくらい頑丈で、カーはその重みに潰されてしまうだろう。

今回の事件は、特別な事情として知られている量刑加重条件が満載されていた――法執行機関職員の殺害、住居侵入、待ち伏せによる殺人。それらのどれひとつを取ってもカーを死刑囚監房に入らせるだろうし、三つ全部が揃っていれば、事実上、それを保証していた。カリフォルニア州は十年近く、被収監者を処刑しておらず、将来事態が変わる兆しもなかったが、死刑判決は、長期間の隔離――週に一時間独房から出られる――が被害をもたらす、狂気への一方通行切符であると、警官と服役囚双方に知られていた。それに直面した場合、カーは、有罪を認め、テーブルから死刑囚監房を外す取引をみずから進んで求めるかもしれなかった。そのときは、カーは自分の犯行を認め、動機を説明せざるをえなくなるだろう。一切合切話さなければならないだろう。

メドレはもうひとりの技師とともに火器課の入り口で待っていた。それぞれの男性がバラードから別々に梱包《こんぽう》された武器を受け取った。最初に立ち寄ったのは、水槽室で、そこで彼らは水に向かって発砲し、ふたつの事件で被害者から取り除かれた銃弾と比較するのにふさわしい、発砲済みでダメージを受けていない銃弾を作りだせる。それから一行は条痕検査ラボに入り、比較顕微鏡にセッティングをして作業に取りかかった。

「ルガーから先にやってくれる？」バラードは頼んだ。

バラードはチャステイン殺害の答えをできるだけ早く手に入れたかった。

「いいですよ」メドレは言った。

バラードは一歩下がって立ち、見学した。この骨の折れる処理は何十回と以前に見たことがあったので、カーが逮捕され、オリバスが捜査の新しい方向に任務割り当てをおこなったあと、市の拘置所で起こったことにバラードの心は向かった。バラードは条痕検査の任務を割り当てられ、ほかの三人の刑事はカーを担当することになり、〈ダンサーズ〉のブースで殺された男たちとカーを結びつけ、大量殺人の背後にある動機を知るため、彼の人生を徹底的に掘り下げるよう命令を受けた。オリバスは、警察幹部に、いま起こっていることを報告し、市警の広報管理職たちに警戒要請をする任務を自分に割り当てた。カーの逮捕が長く表沙汰にならないでいる可能性は少なく、市警は記事が出るまえに公表する必要があるだろう。

すべてが言われ、なされ、人々がそれぞれの方向へ動きはじめると、バラードはオリバスにちょっと待っていてくれと言われた。ふたりきりになると、オリバスは手を差しだした。その仕草は予想外であり、バラードはなにも考えずにその手を握った。するとオリバスはバラードの手を離そうとしなかった。

「刑事、わたしは矛を納めたい」オリバスは言った。「今回の件で、きみがどんなたぐいの捜査員なのかわかった。きみは賢く、熱意がある。わたしのチームに戻れば、きみには活躍してもらえるだろう。そしてわたしにはその手配をする力がある。きみには働ける日々が戻ってくる。残業は無制限だ。戻ってくるに足る理由がたくさんある」

バラードは最初言葉を失って、その場に立ち尽くした。カーの武器を収めた証拠袋を手にしていた。

「これを火器課へ運ぶ必要があります」バラードは言った。

オリバスはうなずき、やっとバラードの手を離した。

「考えてみてくれ」オリバスは言った。「きみは優れた刑事だ、バラード。わたしは、市警のためであれば、反対の頬を甘んじて向けることができる」

バラードは背を向け、拘置所を出た。証拠袋を振り回し、カーの銃をオリバスの顔に叩きつけるのをがまんした自分に感謝しながら、外へ出た。

顕微鏡を覗いているメドレを見ながら、バラードは自分の思いを事件に戻そうとした。

まだたくさんの疑問と未解決の事柄があった。そのなかでもっとも大きなものは、失踪しているマシュー・ロビスンだった。カーの親指指紋がホルスターのキャップに付いていることを知るとすぐ、バラードはカーを殺人犯とした新しい角度から事件の事実を見直しはじめた。以前には目をかいくぐっていた繋がりが見えた。カーは金曜日の朝、港で人身売買陰謀団を逮捕した重大犯罪課特捜班の一員だった。午後五時のニュースでカーの姿をバラード自身目にしていた。カウチに座ってTVを見ていたのをガールフレンドに最後に見られていたロビスンも、そのニュースを見て、前夜、〈ダンサーズ〉で見かけたカーに気づいた可能性があった。ロビスンは午後五時十分に電話を手にして、チャステインに伝えるため、連絡したかもしれなかった。

いろんなことを動かせたのはその電話だった。チャステインは〈ダンサーズ〉の発砲犯が警官であることにさらなる確信をえた。チャステインは出かけていき、ロビスンに彼の持っている情報を表に出さないようにさせ、ロビスンの身柄の安全を確保しようとした。問題は、だれが先にロビスンにたどり着いたかだ。チャステインか、それともカーか？

重大犯罪課の刑事として、カーは日常的に強盗殺人課のコンピュータにアクセスしていただけでなく、そこの作戦本部にもアクセスできていた。もし〈ダンサーズ〉事件の報告書が金曜日に届いたとき、こっそり読んでいたとしたら、ロビスンに気づいたかもしれず、チャステインが証人としてのロビスンを却下したことに疑念を抱いたかもしれなかった。ロビスンがどうやら発砲犯をしっかり見たという事実を隠そうとして、チャステインはロビスンにＤＳＳのレッテルを付けた――なにひとつ見ていない、と。その努力は、正反対の効果をもたらしたかもしれなかった。チャステインは有力な証人をカモフラージュしようとしている、とカーは考えたかもしれなかった。カーは発砲犯であり、クラブのだれかが自分の顔を見た可能性が大いにあるとわかっていた。そうなのかを確かめるため、証人の聴取報告書を調べていた可能性がきわめて高かった。

メドレが顕微鏡から一歩後退し、もうひとりの技師に見てみるよう頼んだとき、バラードはそうした思いから覚めた。メドレは、多くのことがこの検査にかかっているため、セカンド・オピニオンを求めている、とバラードにはわかった。

バラードの携帯電話が鳴った。非通知だったが、とにかくバラードは出た。

「バラード、なにか出たか？」

オリバスだった。

「あなたのお気に入りのC・Pがいま顕微鏡を覗いているところです。長くはかからないと思います。このまま待ちますか？　いまセカンド・オピニオンを取っているところのようです」

「わかった、一分待つ」

「ひとつお訊きしていいですか？」

「なんだ？」

「カーは、わたしがマシュー・ロビスンに電話して、彼を見つけようとしていることを知っていました。どうやって知ったのかと訊いたところ、チャステインが撃たれたあと、強盗殺人課はロビスンの居場所を突き止めようと、携帯電話の記録を手に入れるための令状を求めたと彼は答えました。それはほんとうのことですか、それともカーは、ロビスンを殺したのが自分であり、自分がロビスンの電話を持っていることを隠そうとしていたんですか？」

「いや、われわれがそれをやった。最初、ロビスンの携帯電話にピンを打とうとしたんだが、電源が切られていた。それで、われわれは彼の通話記録を入手し、なにか役に立つ情報はないか確かめようとしたんだ。なぜだ、バラード？ それにどういう意味がある？」

「ロビスンがまだ生きてどこかにいるかもしれないという意味があるんです。チャステインはカーがロビスンのことを知るまえにロビスンにたどり着き、彼を隠したかもしれません」

「では、ロビスンを見つけなければならないな」

バラードはそれについて考えた。あるアイデアが浮かんだが、まだそれをわかちあうつもりはなかった――とりわけ、オリバスとは。

ちょうどそのとき、メドレがラボのベンチからバラードを振り返った。彼は親指を上に向けるサインをした。

「警部補、最初の合致を手に入れました。チャステインはカーの予備の武器で殺されたんです。カーの尻尾を捕まえました」

「みごとだ。地区検事局に提出する一式をまとめはじめよう。もうひとつの武器についてもわかり次第連絡してくれ」

「わたしはそのとりまとめ作業に加わる必要がありますか？」

「いや、うちの連中で対処する。チームに戻る先ほどの提案を考えてくれたかね？」

バラードは答えるまえに躊躇した。

「バラード？」オリバスが促した。

「はい」ようやくバラードは言った。「考えてみました。わたしはレイトショーが好きです」

「申し出をパスすると言ってるのか？」オリバスが驚きを声にあらわにして訊き返した。

「パスします」バラードは言った。「カーの指紋を持って、けさ、あなたのところにいったのは、それがあなたのチームの事件であり、ほかのどこにも持って行き場がなかったからです。そしてカーをMDCに引き寄せるのにあなたを利用できるのがわかっていました。ですが、それだけです。わたしは二度とあなたのために働くつもりはありません」

「きみは大きなミスをしようとしているぞ」

「警部補、ご自分がわたしにしたことを世間に公表し、その罪を背負うのであれば、わたしはあなたと働くために戻るでしょう」

「バラード、おまえは――」

バラードは電話を切った。

43

二番目の条痕比較で、カーの制式銃とジーノ・サンタンジェロの脳から取りだされた銃弾が合致した。その日遅く、カーは六件の殺人事件で起訴され、チャステイン殺害で特別な事情が加味された。

その夜、バラードはレイトショーに復帰した。点呼のあと、彼女とジェンキンズは覆面パトカーを運転して、ウィルコックス・アヴェニューを北上し、マーク・トウェイン・ホテルにやってきた。車をホテルの正面に停め、玄関ドアのボタンを押して、なかへ入るのを認められた。

パートナー同士だったとき、バラードとチャステインは、ある委託殺人事件を捜査していて、二日間、狙われている被害者を隠す必要があった。囮《おとり》捜査官に殺人を依頼した結果、妻が消えたとその夫に思わせるために。彼らは妻をマーク・トウェインに隠した。その翌年、別の事件を捜査しているとき、ニューオーリンズから連れてきたふたりの証人を、殺人事件を裁く法廷で証言させるため、そのホテルに匿《かくま》った。弁護側が彼らを見つけ、彼らを脅したり、証言をしないよう説得することができないようにする必要があった。

二度ともその場所を選んだのはチャステインだった。ザ・トウェイン、と彼が呼んでいたのは、彼のお気に入りの隠れ家だった。

バラードはロビスンがまだ生きているという見立てをジェンキンズに話し、ジェンキンズはバラードといっしょにザ・トウェインにいくことに同意した。

ホテルのドアの上に設置されたカメラにバッジを掲げてから、バラードとジェンキンズはブザーと共になかに通された。フロントにたどり着くと、バラードは携帯電話を夜間担当者に見せた。その画面にロビスンの運転免許証写真をバラードは呼びだしていた。

「ウイリアム・パーカー、どの部屋にいるの？」バラードは訊いた。

ウイリアム・パーカーは、一九五〇年代と六〇年代のロス市警の伝説的本部長だった。チャステインはニューオーリンズから来た証人のひとりにその偽名を使っていた。

夜間担当者は、大半の宿泊客が現金で料金を払っているホテルで真夜中に警察が引き起こすかもしれないトラブルに少しも関わり合いたくないと思っている様子だった。コンピュータのほうを向き、コマンドを入力し、その回答を読み上げた。

「十七号室です」

バラードとジェンキンズは一階の廊下を進んで、十七号室のドアを挟んで両側に立った。バラードがノックした。

「マシュー・ロビスン」ジェンキンズが声をかけた。「ロス市警だ、ドアをあけてくれ」

なんの反応もない。

「メトロ」バラードが呼びかけた。「わたしはバラード刑事。あなたをここに連れてきたチャステイン刑事といっしょに働いていたの。全部終わったとあなたに伝えにここに来たの。あなたは安全であり、もうアリシアの元に帰れるのよ」

ふたりは待った。三十秒後、バラードはロックが外される音を耳にした。ドアが二十センチほどひらき、若い男性が外を覗いた。バラードはバッジを掲げ持った。

「安全なのかい？」若者は訊いた。

「あなたがマシュー？」バラードが訊いた。

「あー、うん」

「チャステイン刑事があなたをここに連れてきたのね？」

「そのとおり」

「もう安全よ、マシュー。あなたの家まで送り届ける」

「チャステイン刑事はどこ？」

バラードは口を閉ざし、長いあいだロビスンを見た。

「彼は助からなかった」ようやくバラードは言った。

ロビスンはうつむいて床を見た。

「あなたが金曜日にチャステインに電話をかけ、発砲犯をたったいまＴＶで見た、と伝えた」バラードは言った。「そうなの？」

ロビスンはうなずいた。

「オーケイ、じゃあ、まずあなたを署に連れていき、何枚かの写真を見てもらう」バラードは言った。「そのあと、あなたを自分のアパートとアリシアの元に連れていきます。もうあなたは安全よ。それにアリシアはあなたのことを心配していたわ」

ロビスンはようやく顔を起こして、バラードを見た。バラードは、若者が彼女を信頼できるかどうか判断しようとしているのがわかった。バラードの目になにかを見たにちがいなかった。

「わかった」ロビスンは言った。「荷物を取ってくるので、ちょっと待ってくれ」

44

バラードは海岸線に沿って北上して、飼い犬を迎えにいったため、その日の午前中遅くに水際にたどり着いた。それまでにバラードはヴェニス・ビーチにテントを張り、ボードを脇に抱えて寄せ波に近づいていった。午前中の靄《もや》がすっかり太陽を包んでいて、視界は悪かった。バラードはひるまずに踏みこんだ。最後に水の上に立ってからずいぶん経っていた。

ボードのレールの端に足を広げ、膝を曲げた。海水に深くパドルを差して掻《か》き、その運動で筋肉に刺激を与えた。

掻く……掻く……掻く……滑らす……掻く……掻く……掻く……滑らす……

まっすぐ霧のなかに進み、すぐに霧のなかで迷った。重たい空気に包まれて、陸地からの音がなにも聞こえなかった。バラードはひとりきりだった。

　バラードはチャスティンと彼がおこなった行動について考えた。今回の事件でチャスティンは気高く行動した。ひょっとしたらそれが彼の贖罪《しょくざい》なのかもしれない、とバラードは思った。自分の父親に対する。バラードに対する。そのことがバラードを後悔させ、最後に会ったときのことがまだ心に付きまとっていた。なんらかの方法であのとき物事を解決できていたらよかったのにと残念に思った。

　まもなくして肩が燃えるように痛みだし、背中の筋肉が攣《つ》った。バラードは力を抜き、立ち上がった。パドルのブレードを舵《かじ》として使い、ボードの方向を変えた。目に見える水平線がないと悟り、潮が変わるまえの短い停滞期間に入っていた。波は寄せてもなく、返してもなかった。どちらの方向にボードを向ければいいのかバラードは定かではなかった。

　力を抜いたパドル・ストロークでボードを動かしつづけた。その間ずっと陸地の徴候に目を見開き、耳を澄ましていた。だが、波が砕ける音はせず、人々の声も聞こえなかった。霧があまりにも濃かった。

　パドルを水から引き抜き、回転させて上下を反対に持った。グリップの先端でボードのデッキを強く叩いた。ファイバーグラスが硬い音を立てた。その音が鋭く霧を切り裂くだろうとバラードはわかっていた。

まもなくするとローラが吠えはじめたのが聞こえ、方向がわかった。もう一度、強くパドルを漕《こ》ぐと、黒い水の上を滑って進み、飼い犬の声のする方向へ向かいはじめた。

霧から出て、海岸の姿を捕らえると、水際にローラがいるのが目に入った。パニックに陥り、必死で北へ向かっては、また南に引き返すのを繰り返しており、不安にかられ、吠え声は、いまや自分では理解できないこと、あるいは制御できないことに対する恐怖の鳴き声になっていた。はるか昔にビーチでおなじことをしていた十四歳の少女のことをローラはバラードに思いださせた。

バラードはさらに激しくパドルを漕いだ。ボードから降り、砂の上に膝をつき、ローラを強く抱き締めたかった。

謝辞

レネイ・バラード創造と本書執筆に尽力いただいたおおぜいの人々に謝意を述べたい。まず、レネイの着想の元としてさまざまな形で寄与してくれたロス市警刑事ミッチ・ロバーツに大いなる感謝を。レネイがロバーツ刑事に誇りを感じさせてくれることを作者は切に願います。

また、ティム・マーシャ刑事と、ティムの元同僚リック・ジャクスンとデイヴィッド・ラムキンにも計り知れない協力をいただきました。

進行中の作品に早くから洞察力にあふれる目通しをしてくださったリンダ・コナリー、ジェーン・デイヴィス、テリル・リー・ランクフォード、ジョン・ホーテン、デニス・ヴォイチェホフスキー、ヘンリク・バスティンに多大なる感謝を。

扱いにくい物語を編集し、ビル・メッシー、ハリエット・ボートン、イマッド・アクタールを含む、さまざまな編集者たちからの反応を調整して下さったアーシア・マクニックは大きな称賛と感謝に値します。最後に、作者は、またしても原稿整理の仕事をしてくれたパメラ・マーシャルに心からの感謝を捧《ささ》げます。

協力してくださったみなさんにたくさんの感謝を。

三十番目の小説

——マイクル・コナリー——

●本稿は、マイクル・コナリー公式HPに掲載された文章の抄訳である。

　信じがたいんですが、『レイトショー』は三十番目に出版されたわたしの小説です。わぁ。そんなことがありうるなんて、だれが思ったでしょう？　わたしは思いませんでした。一冊出せればなと願ったのは覚えています。そののち、その願いが五冊書く計画になりました。それがどうでしょう、突然——少なくともわたしにはそう思えます——三十冊に達していました。過去二十五年間があまりにも早く過ぎていきましたし、じつにおおぜいの読者のみなさんに歓迎されてきた本を年に一回、ときには二回出すことで毎年の区切りがついてきました。ジャック・マカヴォイやテリー・マッケイレブ、ミッキー・ハラー、レイチェル・ウォリング、ヘンリー・ピアス（『チェイシング・リリー』主人公）、キャシー・ブラック（『バッドラック・ムーン』主人公）、ルシア・ソト、そしてもちろんハリー・ボッシュのような登場人物たちは、とても温かく受け入れられてきました。そして、いま、三十番目の本でレネイ・バラードを登場させるのが、しっくりいくようにわたしは思うのです。彼女には、これらほかの登場人物たち全員と共有しているものがあります。それぞれ独自の形で、彼らは意志が強く、決断力があります。また、公正な人間でもあります。

　永年、数多くの書店を訪れ、数多くの読者にお目にかかってきたなかで、数年まえ、ベルギー国境近くのフランスのリールにある書店でのひとときのことがいつも思いだされます。ひとりの女性読者から、通訳を介して、ハリー・ボッシュのことがとても心配なの、と涙ながらに告げられました。そのときのことは、いまでもわたしの心に強く訴えかけてきます。ロサンジェルスから世界を半分隔てたところにいる読者が、そんなにもわたしの作品に心を動かされてきた……。

　ある作家が、かつて、「執筆とは闘いだ」と書いたことがあります。いろいろな意味で、わたしはそれが真実であると思っています。ですが、それはいい闘いであり、ときには楽しい闘いでもあります。なにも書かれていない画面との闘いであり、毎日、自分がどんな成果を得たのか確認しなければなりません。確かに、孤独な闘いになりえますが、とてもおおぜいの人にとって重要な存在であるハリー・ボッシュのような登場人物たちについて執筆するのは、孤独にはなりがたいのです。そんなことができるのは、そして、そのようなほんとうにすばらしい形で応えられるのは、このうえなく名誉なことです。わたしにせいぜいできるのは、感謝を述べることと、自分のなかにある最高の小説を書いてご愛顧に応えていくと固く心に誓うことだけです。三十冊の本──わたしにとって瞠目《どうもく》に値する里程標でした。それを新しい登場人物とわかちあうことができて喜んでいます。時が経つにつれ彼女の人となりがもっとわかるようにするつもりです。はっきり申し上げて、まだまだそこには到っておりません。俗に言うように、つづきはまだこれから、です。

著者インタビュー☆レイトショーQ＆A

●本書に関するQ＆Aがコナリー公式HPで公開されており、作品執筆の背景を伝える部分を抄訳する。
（MC＝マイクル・コナリー）

Q『レイトショー』は、あなたの三十番目の長篇です。いま、なぜ新しいシリーズをはじめたんですか？
MC　なぜなら、人は鮫《さめ》のように書かねばならないからです。動きつづけなければ、クリエイティブな意味合いで死んでしまうのです。この十年間は、ハリーとミッキーで、ルシア・ソトとリーガル・シーゲルのような新規の脇役がその組み合わせに放りこまれてきました。ですが、六十歳を迎えたとき、次の長篇と、ひょっとしたらその後もシリーズにできる新しい主人公を考えだす必要がある、と単に感じたんです。

Q　女性の主人公を再度創造しようと判断した決め手はなんでしょう――前回それをあなたがおこなったのは、二〇〇〇年の『バッドラック・ムーン』で、キャシー・ブラックを主人公に据《す》えたときです。

MC　ある意味で、無精だったからかもしれません。本書のインスピレーションの元には、ずいぶんまえにたどり着いていたからです。ずいぶんまえからロス市警のある殺人事件担当女性刑事と知り合いで、彼女はボッシュ・シリーズに協力をしてくださっているだけでなく、AmazonプライムビデオのBOSCHシリーズのコンサルタントも務めてくださっている。二年まえに、過去にハリウッド分署の深夜勤で働いていたことがあると彼女が言ったとき、わたしはたちまち興味を惹《ひ》かれ、次々と質問をはじめました。レイトショーでは、刑事を必要とするあらゆることを扱わねばならないというので、そこに強く惹かれたのです。刑事が殺人事件のような特定の専門分野を担当するというルーティンから離れた、すごい作品になるだろう、と考えました。

Q　レネイはロス市警ハリウッド分署の深夜勤を務め、殺人事件だけではなく、あらゆる種類の犯罪の初動を担当しています。趣向を変え、ほかの種類の犯罪と捜査を書くのは、楽しいですか？

MC　多様なものを持ちだせるとわかっているので、レイトショーについて書くのにとても惹きつけられていました。レネイは、自分が担当する特定の専門分野や犯罪を持っていません。彼女はすべてを扱わねばならず、その多様さは小説にとっていいものだとわかっています。レネイと彼女を主人公にしたシリーズで、あらゆる種類のものを彼女にもたらすことができます――午前零時を過ぎて起こる事件であるかぎり。

訳者あとがき

古沢嘉通

本書は、マイクル・コナリーが著した三十冊目の長篇 The Late Show (2017) の全訳である。ロス市警女性刑事レネイ・バラードを主人公にした新シリーズの第一作になる。

主人公レネイ・バラードは、三十代なかばの独身女性。出身はハワイ。ハワイ大学卒業後、ロサンジェルス・タイムズ記者を経て、ロス市警に入り、順調に結果を出し、エリート部門の本部強盗殺人課刑事となるが、班長である上司とぶつかり、ハリウッド分署の深夜勤担当刑事に島流しになって二年余り。深夜に管轄地域で起こるあらゆる（刑事の出動が求められる）事件に追いまわされる昼夜逆転の生活をつづけている。なによりも不満なのは、深夜勤のため、本格的捜査は昼勤の刑事の手に委《ゆだ》ねなければならず、事件をみずからの手で解決できないところ。今夜も年輩女性からのクレジットカード詐欺の通報に応えて出動したのだが、そこから次々と事件が発生し……。

コナリーが満を持して新主人公を登場させたシリーズの開幕である。先の話をすると、本書以降の既刊コナリー作品四作中、三作までバラードが登場しており、ハリー・ボッシュと並ぶコナリー・ワールドの主役級の座を占めるまでになっている。

原題の「The Late Show」は、直訳すれば、「TVの深夜番組」のことで、「深夜勤」（本書の場合、ハリウッド分署の深夜勤は、午後十一時から午前七時まで）を指す警察内の隠語である。深夜勤の制約や、警察組織という官僚機構からの有形無形のプレッシャーを受けながら、刑事としての使命を果たそうとする女性刑事の姿が活写されており、また、愛犬を飼い、パドルボーディングを趣味とし、ふだんは決まった住所を持たず、ビーチで暮らすという独自のライフスタイルを送るユニークさと、本書ではまだその一端を覗かせただけの複雑な過去もあいまって、コナリーならではのみごとな人物造形になっている。まずは、その第一弾をお楽しみいただきたい。

新シリーズということで、評価が気になるところだが、いま述べたように以降もバラードが主役級の登用をされていることから、充分高い評価を得ることに成功した。そのあたりを書評でいくつか紹介してみよう――

「ベストセラー作家コナリーからのすばらしい新シリーズ開始……やって来たのは古典的なコナリー作品――ロス市警内部の駆け引きや文化、古き良き刑事仕事、最新の科学捜査――それに加えて、賢く、容赦なく、思慮深い主人公。本書のなかで暴行事件の犯人について、主人公バラードは、『これは邪悪極まりない人間がそこにいるということ』と語っている。それこそコナリー作品の大きなテーマであり、またしても、作家はそれを届けている」

――パブリッシャーズ・ウィークリー星付きレビュー

「数週間まえ、熱心な犯罪小説ファンである友人に、マイクル・コナリーの新作『レイトショー』をもう読んだかと訊かれた。ハリー・ボッシュやミッキー・ハラーのあらたな作品を書くのではなく、新しい主人公を登場させることで、コナリーの書くものが薄くなるのではないか、と友人は心配していたのだ。ああ、心配ご無用だ、コナリー・ファンのみなさん。それどころか、ロサンジェルス市警レネイ・バラード刑事の創造は、作家に大きな活力を与えた」

――タンパ・ベイ・コム　コレット・バンクロフト

「刑事の段階を追った動きを描き、必要最小限の背景情報しか与えないことで、作者はレネイが〝彼女の〟被害者たちと共有している絆に似た絆を読者と主人公との間に築いた――そして、われわれがバラードの成功で感じたわくわくする満足感は、この謎めいたニュー・ヒロインによって経験させられる復讐の喜びとおなじくらい強烈に思える」

――ウォール・ストリート・ジャーナル　トム・ノーラン

「『レイトショー』――ハードボイルド刑事小説の時宜を得た再創造作品――は、まさしく純金である……。エモーショナルと同時にテクニカルなこの作品は、その人を惹きつけてやまぬ高い品質を、オフビートで、愉快なくらい欠点の多いヒロインに負っている」

――iBooks、七月のベストブック

「『レイトショー』は、すばらしい女性キャラクターを登場させた。レネイ・バラード刑事……この新星は、美しい」

――ニューヨーク・タイムズ　ジャネット・メズリン

さて、次作は、ふたたびボッシュ・シリーズである。Two Kinds of Truth (2017) は、シリーズ前作『訣別』同様、ボッシュに関わるふたつの事件を平行して描く。ボッシュが陥る二種類の危機（警察官としての名誉が汚される危機と、潜入捜査における現実的な死の危険）を迫力たっぷりに描きだし、またしても抜群のページターナーに仕上がっている。

サンフェルナンド市警の嘱託刑事として、自発的に未解決事件捜査にあたっているハリー・ボッシュのもとを、昔のパートナーだったロス市警本部強盗殺人課未解決事件班のルシア・ソト刑事が検事局の検事補とともに訪れ、ボッシュが三十年ほどまえに逮捕し、現在も死刑囚として服役中の連続殺人犯プレストン・ボーダーズに関して、あらたな証拠が出たとして、再審がひらかれる見込みだと聞かされる。残された証拠を調べ直したところ、すでに死亡している別の死刑囚のDNAが被害者の着衣に精液の形で付着していたことが科学的に立証されたという。

ボーダーズの弁護士は、被害者の着衣に別人のDNAが付着している以上、ボーダーズ逮捕の決定的な物証は、事件担当の捜査官（ボッシュと彼のパートナー）が仕込んだものだ、と主張していた。ロス市警と喧嘩別れしたいきさつから、ロス市警と検事局のボッシュに対する心証はことのほか悪く、証拠を捏造した悪徳警官としてボッシュに責任をかぶせようという気が満々だった。おのれの信用が地に落とされる危機に際し、リンカーン弁護士ミッキー・ハラーにボッシュは相談する。

一方、サンフェルナンド市警の管轄で、薬局を経営する父親と息子が薬局内で銃殺されるという事件が発生し、ボッシュも捜査に狩りだされる。捜査を進めるなかで、この事件が、薬局を舞台にしたオキシコドン（半合成麻薬）不正請求にまつわるものであることが判明する。すなわち、身内に引き込んだ医師に鎮痛剤でもあるオキシコドンの処方箋を書かせ、患者を装った出し子たちに薬局で大量に入手させ、それを売りさばいて大金をせしめている犯罪者集団がいた。薬局の父親は、永年その片棒を担がされていたのだが、息子がその不正に気づき、手を引かせようとして、犯罪者集団に処刑されたのだった。犯罪者集団のアジトを突き止め、親玉を逮捕する証拠を手に入れるため、ボッシュは、危険極まりない潜入捜査に赴くのだが……。

Ａｍａｚｏｎプライム・ビデオのＢＯＳＣＨシリーズ・シーズン５の原作にもなっているこの作品は今年初夏にお届けする所存である。期待してお待ちあれ。

マイクル・コナリー長篇リスト（近年の邦訳と未訳分のみ）

The Burning Room（2014）『燃える部屋』（上下）HB RW
The Crossing（2015）『贖罪の街』（上下）HB MH
The Wrong Side of Goodbye（2016）『訣別』（上下）HB MH
The Late Show（2017）本書 RB
Two Kinds of Truth（2017）HB MH（講談社文庫近刊）
Dark Sacred Night（2018）RB HB（講談社文庫近刊）
The Night Fire（2019）RB HB
Fair Warning（2020）JM RW
邦訳は、いずれも古沢嘉通訳、講談社文庫刊。

＊主要登場人物略号　HB: ハリー・ボッシュ　MH: ミッキー・ハラー　RW: レイチェル・ウォリング　RB: レネイ・バラード　JM: ジャック・マカヴォイ

|著者| マイクル・コナリー　1956年、フィラデルフィア生まれ。フロリダ大学を卒業し、フロリダやフィラデルフィアの新聞社でジャーナリストとして働く。手がけた記事がピュリッツァー賞の最終選考まで残り、ロサンジェルス・タイムズ紙に引き抜かれる。「当代最高のハードボイルド」といわれるハリー・ボッシュ・シリーズは二転三転する巧緻なプロットで人気を博している。著書は『暗く聖なる夜』『天使と罪の街』『終決者たち』『リンカーン弁護士』『真鍮の評決　リンカーン弁護士』『判決破棄　リンカーン弁護士』『スケアクロウ』『ナイン・ドラゴンズ』『証言拒否　リンカーン弁護士』『転落の街』『ブラックボックス』『罪責の神々　リンカーン弁護士』『燃える部屋』『贖罪の街』『訣別』など。

|訳者| 古沢嘉通　1958年、北海道生まれ。大阪外国語大学デンマーク語科卒業。コナリー邦訳作品の大半を翻訳しているほか、プリースト『双生児』『夢幻諸島から』『隣接界』、リュウ『紙の動物園』『母の記憶に』『生まれ変わり』（以上、早川書房）など翻訳書多数。

レイトショー(下)

マイクル・コナリー | 古沢嘉通《ふるさわよしみち》 訳

講談社文庫

定価はカバーに表示してあります

2020年２月14日第１刷発行

発行者──渡瀬昌彦

発行所──株式会社　講談社

東京都文京区音羽2-12-21　〒112-8001

電話　出版　(03) 5395-3510

　　　販売　(03) 5395-5817

　　　業務　(03) 5395-3615

Printed in Japan

デザイン─菊地信義

本文データ制作─講談社デジタル製作

印刷───豊国印刷株式会社

製本───株式会社国宝社

ISBN978-4-06-518660-2

講談社文庫刊行の辞

二十一世紀の到来を目睫に望みながら、われわれはいま、人類史上かつて例を見ない巨大な転換期をむかえようとしている。

世界も、日本も、激動の予兆に対する期待とおののきを内に蔵して、未知の時代に歩み入ろうとしている。このときにあたり、創業の人野間清治の「ナショナル・エデュケイター」への志を現代に甦らせようと意図して、われわれはここに古今の文芸作品はいうまでもなく、ひろく人文・社会・自然の諸科学から東西の名著を網羅する、新しい綜合文庫の発刊を決意した。

激動の転換期はまた断絶の時代である。われわれは戦後二十五年間の出版文化のありかたへの深い反省をこめて、この断絶の時代にあえて人間的な持続を求めようとする。いたずらに浮薄な商業主義のあだ花を追い求めることなく、長期にわたって良書に生命をあたえようとつとめるところにしか、今後の出版文化の真の繁栄はあり得ないと信じるからである。

同時にわれわれはこの綜合文庫の刊行を通じて、人文・社会・自然の諸科学が、結局人間の学にほかならないことを立証しようと願っている。かつて知識とは、「汝自身を知る」ことにつきていた。現代社会の瑣末な情報の氾濫のなかから、力強い知識の源泉を掘り起し、技術文明のただなかに、生きた人間の姿を復活させること。それこそわれわれの切なる希求である。

われわれは権威に盲従せず、俗流に媚びることなく、渾然一体となって日本の「草の根」をかたちづくる若く新しい世代の人々に、心をこめてこの新しい綜合文庫をおくり届けたい。それは知識の泉であるとともに感受性のふるさとであり、もっとも有機的に組織され、社会に開かれた万人のための大学をめざしている。大方の支援と協力を衷心より切望してやまない。

一九七一年七月

野間省一

講談社文芸文庫

庄野潤三
庭の山の木
解説＝中島京子　年譜＝助川徳是
家庭でのできごと、世相への思い、愛する文学作品、敬慕する作家たち——著者のやわらかな視点、ゆるぎない文学観が浮かび上がる、充実期に書かれた随筆集。
しA15
978-4-06-518659-6

庄野潤三
明夫と良二
解説＝上坪裕介　年譜＝助川徳是
何気ない一瞬に焼き付けられた、はかなく移ろいゆく幸福なひととき。人生の喜びとあわれを透徹したまなざしでとらえた、名作『絵合せ』と対をなす家族小説の傑作。
しA14
978-4-06-514722-1

海外作品

小説

ウェンディ・ウォーカー 池田真紀子訳 まだすべてを忘れたわけではない
D・クロンビー 西田佳子訳 警視の週末
D・クロンビー 西田佳子訳 警視の孤独
D・クロンビー 西田佳子訳 警視の覚悟
D・クロンビー 西田佳子訳 警視の偽装
D・クロンビー 西田佳子訳 警視の因縁
D・クロンビー 西田佳子訳 警視の挑戦
D・クロンビー 西田佳子訳 警視の哀歌
ウィリアム・K・クルーガー 野口百合子訳 闇の記憶
ウィリアム・K・クルーガー 野口百合子訳 血の咆哮
キャロライン・ケプネス 白石　朗訳 YOU(上)(下)
P・コーンウェル 相原真理子訳 検屍官
P・コーンウェル 相原真理子訳 証拠死体
P・コーンウェル 相原真理子訳 遺留品
P・コーンウェル 相原真理子訳 真犯人
P・コーンウェル 相原真理子訳 捜査官ガラーノ
P・コーンウェル 相原真理子訳 前線〈捜査官ガラーノ〉
P・コーンウェル 池田真紀子訳 死層(上)(下)
P・コーンウェル 池田真紀子訳 儀式(上)(下)
P・コーンウェル 池田真紀子訳 標的(上)(下)
P・コーンウェル 池田真紀子訳 邪悪(上)(下)
P・コーンウェル 池田真紀子訳 烙印(上)(下)
R・ゴダード 越前敏弥訳 還らざる日々(上)(下)
R・ゴダード 北田絵里子訳 血の裁き(上)(下)
R・ゴダード 北田絵里子訳 欺《あざむ》きの家(上)(下)
R・ゴダード 北田絵里子訳 謀略の都(上)(下)〈1919年三部作①〉
R・ゴダード 北田絵里子訳 灰色の密命(上)(下)〈1919年三部作②〉
R・ゴダード 北田絵里子訳 宿命の地(上)(下)〈1919年三部作③〉
マイクル・コナリー 古沢嘉通訳 リンカーン弁護士(上)(下)
マイクル・コナリー 古沢嘉通訳 ナイン・ドラゴンズ(上)(下)
マイクル・コナリー 古沢嘉通訳 判決破棄(上)(下)〈リンカーン弁護士〉
マイクル・コナリー 古沢嘉通訳 証言拒否(上)(下)〈リンカーン弁護士〉
マイクル・コナリー 古沢嘉通訳 転落の街(上)(下)
マイクル・コナリー 古沢嘉通訳 ブラックボックス(上)(下)
マイクル・コナリー 古沢嘉通訳 罪責の神々(上)(下)〈リンカーン弁護士〉
マイクル・コナリー 古沢嘉通訳 燃える部屋(上)(下)〈シリーズ25周年記念エッセイ収録〉
マイクル・コナリー 古沢嘉通訳 贖罪の街(上)(下)
マイクル・コナリー 古沢嘉通訳 訣別(上)(下)
コーティ・ザン 三角和代訳 禁止リスト(上)(下)
エリック・ジャコメッティ ジャック・ラヴェンヌ 吉田花子訳 ヒラムの儀式(上)(下)
ニール・シャスタマン 池田真紀子訳 奪命者《サイズ》
ジェーン・シェミルト 北沢あかね訳 ナオミ
テイラー・スティーヴンス 北沢あかね訳 インフォメーショニスト〈上・潜入篇〉〈下・死闘篇〉
テイラー・スティーヴンス 北沢あかね訳 ドールマン(上)(下)
アンナ・スヌクストラ 北沢あかね訳 偽りのレベッカ

キャロル・N・ダグラス著・編　青木多香子訳　ホワイトハウスのペット探偵
L・チャイルド　小林宏明訳　前夜(上)(下)
L・チャイルド　小林宏明訳　新装版 キリング・フロアー(上)(下)
L・チャイルド　小林宏明訳　アウトロー(上)(下)
L・チャイルド　小林宏明訳　最重要容疑者(上)(下)
L・チャイルド　小林宏明訳　61時間(上)(下)
L・チャイルド　小林宏明訳　ネバー・ゴー・バック(上)(下)
L・チャイルド　小林宏明訳　パーソナル(上)(下)
リー・チャイルド　青木創訳　ミッドナイト・ラン(上)(下)
ネルソン・デミル　白石朗訳　王者のゲーム(上)(下)
ネルソン・デミル　白石朗訳　アップ・カントリー〈兵士の帰還〉(上)(下)
ネルソン・デミル　白石朗訳　ニューヨーク大聖堂(上)(下)
ネルソン・デミル　白石朗訳　ナイトフォール(上)(下)
ネルソン・デミル　白石朗訳　ワイルドファイア(上)(下)
ネルソン・デミル　白石朗訳　獅子の血戦(上)(下)
ジェフリー・ディーヴァー著　北沢あかね訳　死者は眠らず

エマ・ドナヒュー　土屋京子訳　部屋(上・インサイド)(下・アウトサイド)
ハックスリー　松村達雄訳　すばらしい新世界
デイヴィッド・ハンドラー　北沢あかね訳　シルバー・スター
デイヴィッド・ハンドラー　北沢あかね訳　ダーク・サンライズ
デイヴィッド・ハンドラー　北沢あかね訳　ゴールデン・パラシュート
ロバート・ハリス　熊谷千寿訳　ゴーストライター
スーザン・ヒル　幸田敦子訳　城の王
リチャード・プライス　堀江里美訳　黄金の街(上)(下)
C・J・ボックス　野口百合子訳　復讐のトレイル
C・J・ボックス　野口百合子訳　ゼロ以下の死
C・J・ボックス　野口百合子訳　狼の領域
C・J・ボックス　野口百合子訳　冷酷な丘
C・J・ボックス　野口百合子訳　鷹の王
R・ボウエン　羽田詩津子訳　押しかけ探偵
ポーラ・ホーキンズ　池田真紀子訳　ガール・オン・ザ・トレイン(上)(下)
クリス・ムーニー　高橋佳奈子訳　贖罪の日

ボブ・モリス　髙山祥子訳　ジャマイカの迷宮
G・ルッカ　飯干京子訳　回帰者
ジョージ・ルーカス著　上杉隼人訳　杉山まどか訳　スター・ウォーズ〈エピソードIV 新たなる希望〉
ジョージ・ルーカス原作　ドナルド・F・グルート著　上杉隼人訳　スター・ウォーズ〈エピソードV 帝国の逆襲〉
ジョージ・ルーカス原作　ジェームズ・カーン著　上杉隼人訳　スター・ウォーズ〈エピソードVI ジェダイの帰還〉
J・J・エイブラムス他原作　アラン・D・フォスター著　稲村広香訳　スター・ウォーズ〈フォースの覚醒〉
ジョージ・ルーカス原作　テリー・ブルックス著　上杉隼人／大島資生訳　スター・ウォーズ〈エピソードI ファントム・メナス〉
ジョージ・ルーカス原作　R・A・サルヴァトーレ著　上杉隼人／上原尚子訳　スター・ウォーズ〈エピソードII クローンの攻撃〉
ジョージ・ルーカス原作　マシュー・ストーヴァー著　上杉隼人／有馬さとこ訳　スター・ウォーズ〈エピソードIII シスの復讐〉
ジョン・ノール他原作　アレクサンダー・フリード著　稲村広香訳　ローグ・ワン〈スター・ウォーズ・ストーリー〉
ライアン・ジョンソン原作　ジェイソン・フライ著　稲村広香訳　スター・ウォーズ〈最後のジェダイ〉
ローレンス・カスダン　ジョナサン・カスダン　原作　ムア・ラファティ著　稲村広香訳　ハン・ソロ〈スター・ウォーズ・ストーリー〉
ティモシイ・ザーン　富永和子訳　スター・ウォーズ 帝国の後継者(上)(下)
ティモシイ・ザーン　富永和子訳　スター・ウォーズ 暗黒の艦隊(上)(下)
ティモシイ・ザーン　富永和子訳　スター・ウォーズ 最後の指令(上)(下)
ジャンニ・ロダーリ　内田洋子訳　パパの電話を待ちながら

講談社文庫　海外作品

J・K・ローリング　亀井よし子訳　カジュアル・ベイカンシー〈突然の空席〉(I)(II)

エリック・アクセル・スンド　西田佳子訳　クロウ・ガール(上)(下)

ノンフィクション

P・コーンウェル　相原真理子訳　真相〈"切り裂きジャック"は誰なのか?〉(上)(下)

レイチェル・ジョイス　亀井よし子訳　ハロルド・フライの思いもよらない巡礼の旅

M・セリグマン　山村宜子訳　オプティミストはなぜ成功するか

ダニエル・タメット　古屋美登里訳　ぼくには数字が風景に見える

J・D・ワトソン　江上・中村訳　二重らせん

アメリカ探偵作家クラブ　L・トリート編　大出健訳　ミステリーの書き方

児童文学

エーリッヒ・ケストナー　山口四郎訳　飛ぶ教室

ディック・ブルーナ　講談社編　ミッフィーからの贈り物〈ブルーナさんがはじめて語る人生と作品のひみつ〉

ディック・ブルーナ　講談社編　miffy Notepad Red

ディック・ブルーナ　講談社編　miffy Notepad White

ディック・ブルーナ　講談社編　BLACK BEAR Notepad

L・M・モンゴメリー　掛川恭子訳　赤毛のアン

L・M・モンゴメリー　掛川恭子訳　アンの青春

L・M・モンゴメリー　掛川恭子訳　アンの愛情

L・M・モンゴメリー　掛川恭子訳　アンの幸福

L・M・モンゴメリー　掛川恭子訳　アンの夢の家

L・M・モンゴメリー　掛川恭子訳　アンの愛の家庭

L・M・モンゴメリー　掛川恭子訳　虹の谷のアン

L・M・モンゴメリー　掛川恭子訳　アンの娘リラ

L・M・モンゴメリー　掛川恭子訳　アンの友だち

L・M・モンゴメリー　掛川恭子訳　アンをめぐる人々

トーベ・ヤンソン　下村隆一訳　新装版　ムーミン谷の彗星

トーベ・ヤンソン　山室　静訳　新装版　たのしいムーミン一家

トーベ・ヤンソン　小野寺百合子訳　新装版　ムーミンパパの思い出

トーベ・ヤンソン　下村隆一訳　新装版　ムーミン谷の夏まつり

トーベ・ヤンソン　山室　静訳　新装版　ムーミン谷の冬

トーベ・ヤンソン　山室　静訳　新装版　ムーミン谷の仲間たち

トーベ・ヤンソン　小野寺百合子訳　新装版　ムーミンパパ海へいく

トーベ・ヤンソン　鈴木徹郎訳　新装版　ムーミン谷の十一月

トーベ・ヤンソン　冨原眞弓訳　小さなトロールと大きな洪水

ヤンソン(文・絵)　パルッキネン(編)　渡部　翠訳　ムーミン谷の名言集

ヤンソン(絵)　ニョロニョロ　ノート

ヤンソン(絵)　ムーミンママ　ノート

ヤンソン(絵)　ムーミン　ノート

ヤンソン(絵)　ムーミンパパ　ノート

ヤンソン(絵)　ムーミン谷　春のノート

ヤンソン(絵)　ムーミン谷　夏のノート

ヤンソン(絵)　ムーミン谷　秋のノート

ヤンソン(絵)　ムーミン谷　冬のノート

ヤンソン(絵)　ムーミン100冊読書ノート

2019年12月15日現在